Heibonsha Library

本と子どもが教えてくれたこと

凡社ライブラリー

Heibonsha Library

本と子どもが教えてくれたこと

中川李枝子

平凡社

本著作は二〇一九年五月に平凡社より刊行されたものです。

もし、誰かに「あなたの人生は幸せでしたか?」と聞かれたら、「はい、とても」と答えるつもり。「どうして?」と聞かれたら、「本をたくさん読めたからよ」と答えるでしょうね。まだ聞かれたことはないけれど。

子どもの頃からずっと、本が大好きでした。読書を通していろいろな心の経験をしたし、古今東西たくさんの人に出会って、ハラハラ、ドキドキしながら喜びや悲しみをともにし、ときにはこの世の極楽も地獄も見たと思うのよ。

今でも読みたい本を、手近に置いています。いつのまにかどんどん増えて、私の居場所がなくなりそう。私にとっては最高に幸せね。読み終わって、「ああ、よかった」と感動が全身に染み渡る。それが、私の心身の糧になったのだと思います。

目次

私と本の出合い

子どもの読む本にうるさかった両親

両親は読書家で、「子どもに大事なのは情操教育」という考えでした。私たちがどんな本を読んでいるか、油断なく目を光らせていて「くだらない本を読むぐらいなら、庭の草取りをしたほうがおまえの身のためだ」なんて言うのね。

本に関しては、何であんなに買い込んだのかとあきれるぐらい、家にありました。本代は、「我が家は貧乏である」と言いながら別腹だったのでしょう。父は「俺の買った本はどれを読んでもいい。よそで借りてくるな」と言うのです。母も、その頃流行っていた童謡誌「赤い鳥」は「つまらない童心主義」と無視。「日本の少女小説もよくない、賢い女が出てこないから」なんて言う。三つ年上の姉は近所の女学生が貸してくれる「少女の友」や少女小説を親に隠れて読んでいました。もちろん私も一緒に。学童疎開令が出て、姉と札幌の母の実家に縁故疎開すると決まったとき、姉とふたりで「もう親が見ていないから、少女小説を山ほど読める」と喜んだものでした。

母の愛読書は、中勘助《なかかんすけ》の『銀の匙』。母は札幌の育ちで、小学校五年生のときに東京から転校してきた藤原くんと仲よしになり、彼が「僕のお父さんのお友だちの書いた本だから読んで」と『銀の匙』を貸してくれたんですって。母は読んで、非常に感動したそうです。けれども親に、「『銀の匙』を買って」と言い出せなかった。というのも母は「文学少女」で、雑誌に投稿して褒められるなどしていて、両親は「文学かぶれは不良少女になる」と心配していたらしい。母は、結婚したとき、夫に「本は、何でも欲しいものを買いなさい」と言われて真っ先に買ったのが、『銀の匙』だったそうです。

教育畑一筋の祖父とおとぎ話嫌いの祖母

母方の祖父母は教育者でした。祖父は焼尻島《やぎしり》という、北海道の小さな島のお寺の和尚さんの息子でした。和尚さんは新潟の生まれで永平寺で修行をして、布教のために北海道に渡り、お寺を四つつくって、最後は焼尻島に移り住んだそうです。祖父のお母さんは青森出身で、お腹に祖父がいるときに離婚して、焼尻島で和尚さんに出会って再婚したそう。祖父は、本当は東京音楽学校に行きたかったのですが、お金がないため広島高等師範学校の特待生になって、教育畑一筋の生涯でした。

祖母の家は函館で松前藩の御典医《ごてんい》をしていたと聞きました。祖母には兄が何人かいて、皆で四書五経を父親に習った。兄たちは医者になり、祖母は貧乏士族の娘で嫁入り支度をしてやれない代わりに、東京の女子学院に入学させられたそうです。その頃、女子学院の寄宿舎は英語が日常語で、祖母はさぞ苦労したと思います。明治時代の話よ。私よりずっと年上の又従姉によると、「しまさん（祖母のこと）は女子学院だけでなく、御茶の水の女子高等師範学校も出てるはず」と言っていましたけれど、たぶんそこでもう一勉強して、自活のために教師の資格を取ったのではないかしら。そういえば母が一度だけ私に「おばあちゃまは大変なインテリである」と言ったことがありました。祖父も祖母も、英語でラブレターのやり取りをしたという以外、自分たちのことは全然話さなかったので、残念ながら私は何も知らないのです。

祖母はちょっとひねた皮肉屋で、自分に関する話はしないし、おとぎ話も聞かせてくれませんでした。「日本の昔話に出てくるおばあさんが必ず意地悪なのは変だ」「舌切り雀は実に嫌な話だ。舌をチョン切るなんて残酷すぎる。誰だって大きいつづらを選ぶに決まっている」なんてけなしてばかりでね。でも根はやさしくて、苦学生にはいつも手を差し伸べていました。

北海道で出会った父と母

私の父は、福岡の農村で生まれ育ちました。嘉穂《かほ》郡穂波《ほなみ》村。きれいな名前でしょう。美しい水田が目に浮かびます。中学四年のときに山口の旧制高校に飛び級で転入して、「まわりの級友はおっさんばっかりだった」と言っていました。下宿先は瑠璃《るり》光寺《こうじ》。今でこそ観光で有名になっているけれど、当時は貧しいお寺だったそうです。

大学は、東大の工学部と北大の農学部とに進学する資格を得たそうです。それで山口を出ると、まずは東大で一ヶ月間ぶらぶらした。けれども、工学部冶金《やきん》学科で地下に潜る実習があって、閉所恐怖症の父は震え上がって北大へ逃げたんですって。それでそのまま、北大の農学部へ進んだそうなの。北の大地が父には合っていたのでしょうね。

ところが、下宿でひとり壁と向かい合ってごはんを食べるのが辛くて、ホームシックになりかけた。「子どものいっぱいいる賑やかな家に下宿しよう」と、決心したそうです。

遠軽《えんがる》町に、同志社大学の監獄法の権威だった留岡幸助《とめおかこうすけ》先生が「学校にして家庭、家庭にして学校」のお考えのもとにおつくりになった、少年更生施設「北海道家庭学校」があります。留岡先生は牧師で、教誨師《きょうかいし》もされていて、刑務所で多くの受刑者と接した経験がおありでした。出所しても、犯罪を繰り返して服役する受刑者の多くは、子ども時代に家庭が不幸で、両親の愛に恵まれずに育っている。それで北海道の豊かな大地に「学校にして家庭、家庭にして学校」というお考えのもと、少年たちが「能《よ》く働き、能く食べ、能く眠る」健康的な生活をできる施設をつくりました。留岡先生のもとで学び共に働いていた品川義介《ぎすけ》先生が結婚して、札幌の隣の琴似《ことに》村に白雲山荘を立ち上げ、少年を自分の子と一緒に育てていらした。父は先生のお考えに共鳴し、下宿することにしたのでした。

父はよく白雲山荘の思い出を話してくれて、私は姉や弟妹たちと聞き入ったものです。当時はほかに人家など一軒もないような原野にあって、猛吹雪の日には一寸先も見えなくなるとか、馬が熊にお尻をひと撫でされたら肉がこそげてなくなっていたとか。

こんなこともあったそうです。品川先生の奥さまは牧師さんのお嬢さんでクリスチャンの上品な静かな方でしたが、少年がけんかして相手のお腹を刺したとき、飛び出した腸を冷静に洗って、お腹に入れてから人を呼んだとか。父は、そんな少年たちに「兄さん、兄さん」と慕われて「みんないいやつだった」と、とても楽しそうでした。

母は琴似の小学校に勤めていた時期がありました。北海道生まれの森田たまさんの随筆によると、当時の札幌の良家の子女は庁立高女から二年制の専攻科に進んで、卒業後は小学校の先生を二、三年やって結婚するケースが多かったとか。母は本当は東京の大学に行きたかったそうですが、さっき話したようにあやしげな文学少女でしたから親に反対されてあきらめ、教師になったようです。その教師時代にたまたま品川先生の講演を聞く機会があって、それがきっかけで父と出会い結婚しました。

結婚してからしばらく、父は北大の副手をしていました。姉と私と弟は北海道で生まれたんですよ。大学では、外国から来た先生方が家族と一緒に外国人用の官舎に住んでいました。私も二、三度遊びに行きました。イタリアの人類学者フォスコ・マライーニのお嬢さんダーチャさんは今は著名な作家で、日本でも何冊も本が出ていますよ。ドイツ人のヘルマン・ヘッカー先生のこともよく覚えています。ヘッカー先生からいただいた日本人形を今も大事にしています。

父の専門は遺伝学でしたが、子どもたちに「学者になるな、貧乏するぞ」と言っていました。大学の副手ではお手当がどうだったか知りませんが、母の実家の世話になっていたのは確かです。父が、妻子を養わなければと就職したのが、東京・高円寺にあった蚕糸《さんし》試験場（現・蚕糸の森公園）。今も赤煉瓦の塀だけは残してあって、映画などに使われていますね。父は研究に蚕《かいこ》の精子を使ったのがきっかけで、亜熱帯における養蚕の専門家になりました。

私たちは、真盛寺《しんせいじ》の近くの借家に住むことになりました。父、母、姉、私、弟の五人暮らしです。子どもが四人になったら、母方の祖母がお手伝いさんをつけてくれるということでした。が、四人目に百合子が生まれたら第二次世界大戦が始まって、結局お手伝いさんどころではない時代になりました。

夕食は、家族皆で楽しくおしゃべりしながら食べましたよ。父と母は留岡先生と品川先生の薫陶《くんとう》を受けているので「家庭が大事」に徹していました。「人間は家庭が不安定だと犯罪に走り、服役してもまた繰り返すようになる」と言い、母は留岡先生の「教養ある慈母になれ」を心得としていました。ふたりの話題には内村鑑三さんや新渡戸稲造さん、森戸辰男さんのお名前がよく出ていました。

お客さまが夕食の席に加わることもしょっちゅうでした。父は「いろいろな人のお話を聞くことはいいことだよ」と言っていたし、私も大人が何をやっているのかいつも興味津々だったので、お話を聞くのが大好きでした。その頃、地方にいる人は、お金持ちは別として、上京してもホテルになど泊まらないでしょう。学会シーズンには、よく父の友人や後輩が泊まりました。すると母は張り切っていつもよりちょっと腕をふるって、子どももお行儀よく、皆一緒にテーブルを囲むのです。お客さまの誰かが、「開放的で外国の家庭みたい」と褒めていました。

普段の食卓の話題で私が覚えているのは、平凡社の百科事典です。両親は自己主張が強くて、たくあんのつけ方ひとつでも口論するの。その仲介役が百科事典で、何か揉めごとが起きると父が「李枝子、百科事典を持ってこい」と命令するのです。なぜか私の役目で、隣の部屋へ取りにいくのが嫌でしたね。

母はそんな父を「九州男は封建的、男尊女卑で威張っている」と不満だったみたい。でも、私から見た父は少しも威張っていませんでしたよ。子どもをお風呂に入れるのは父の役目だったし、勉強も見てくれる、遊び相手もする。おはじきでも何でも真剣勝負でやってました。本もよく読んでくれて、夕食の後に、父の好きな幸田露伴や森鷗外を朗々と読むのです。妹の百合子は鷗外の『山椒大夫』をリクエストしては、最後の「安寿《あんじゅ》恋しや」のところで必ず泣く。父と母は子どもがこんなに泣く本を読むのはどうか、と悩んだらしいのですが、百合子が「読んで」とせがんだのよね。それなのに、大人になってから、百合子が「私、森鷗外は大嫌い。あんなかわいそうな話を書くんだもん」とケロッと言ったので、父と母はびっくり、苦笑いしていました。

波瀾万丈の子どもに憧れて

私は姉と弟、妹がふたりいます。姉と弟とは三つ、妹の百合子は六つ、もうひとりの妹は一〇歳違います。性格は、てんでばらばら。祖母に溺愛されとことん甘やかされた姉はとても気立てのいい人で、私とは全然違う（笑）。

母は五人の子を育てたわけですけれど「どの子とも、ひとりっ子のように接したい」と言っていました。そのせいか常に一対一で接してくれた。だからでしょうか、姉や弟が父や母とどんな関係だったか、私は全然覚えていない。私と母の関係や、私と父の関係は覚えているけれど。

母は、子どもを決して呼び捨てにしませんでした。他人に話すときは「うちの李枝子が」なんて言うけど、ふたりで話すときは娘にも息子にも「さん」を付けるのです。叱られたり注意されたりするときも、大真面目で「わたくしはこう思うけれど、李枝子さんはどうですか？」っていう言い方です。

手をあげられたこともありません。「『子どもは六歳までは叩いてもいい』と言われるけれど、話せばわかる」と言っていましたよ。そして真顔で「もし我が子が死ぬようなことがあったら私は生きていられない」なんておどかすので、私は「こりゃ困っちゃったな」と思ったものです。

実は、子どもの頃の私は、みなしごに憧れていました。父と母の子どもだってことは、未来が平々凡々とわかっている。物語に出てくるような波瀾万丈の子どもがうらやましかったのです。大人になって、自分は異常かしらと小児科医の毛利《もうり》子来《たねき》先生に伺ったら、「うん、あなたはかわいがられたんだな。ちっとも心配することない」と言われて安心しました。

好きでなかった幼稚園と、楽しみだった「キンダーブック」

まだ小さかった頃、私はなにかと三つ上の姉と競い合おうとして無理に背伸びをし、三つ下の弟には威張って抑えつけていたみたい。そんな私を、母が「子どもは同い年の子と遊ばせないといけない」と、近くのキリスト教系の幼稚園へ通わせることにしました。入園式の朝、ブルーグレイのスモックを着て、新しいバスケットを持って勇んで行ったら、どの子も私と同じ服を着ていたのですよ。びっくりしちゃって、「これでは母が私を見失うだろう」と不安になりました。自分の存在をかき消されるような気がしたのです。以来、制服は大っ嫌い。

しかもその日、会ったこともない外国人のおじいさんが出てきて、先生が「今日からこの方が皆さんのお父さまです」なんて言うのです。園長の神父さんでした。「ああ、どうしよう。父親にも見放されたのか」と思いました。健気《けなげ》にも泣かずに我慢していましたけれどね。

その幼稚園は専門学校の付属で、先生のほかに若い学生も実習に来ていました。でもその人たちは、ただ見ているだけ。私は、よその家のおもちゃを黙って使っていいのかもわからなかったし、初めての場所で緊張しているせいもあって、たぶん憎たらしい顔でまわりを睨んでいたと思うのよ。

幼稚園は特に好きでも嫌いでもなく、親の言うままに通っただけ。そのうち、一緒に通っていた近所のノリコちゃんが赤痢《せきり》にかかって亡くなりました。そのショックは大きかったと思います。それに、先生のことも特に好きにはなれなくてね。先生が母に「李枝子さんは絵が上手だから、将来絵のほうに進んでは」と話したそうだけど、「どうして私に直接言ってくれないんだろう」と、大変不満でした。

幼稚園は好きでなくても、「キンダーブック」をもらうのは楽しみでした。ページの最初は季節の歌、それからイソップの四コマぐらいのお話、そして生活指導っぽいページが続くの。おかしなことに私は「生まれたときから文字を読める」と思っているんですよ。大人が読んでくれたに決まっているのに、読んでもらったことを全然覚えていないのよね。

新しい「キンダーブック」をもらうと、誰もいない自分だけの場所を見つけてはページを開いて、心ゆくまで読みふけりました。

その後、弟や妹も読みました。何度でも読むから、傷んでくる。すると、母が和紙で修繕するのです。戦争中は、新しい絵本など手に入らないから、大事です。いよいよボロボロになると、本をバラして、使えるところだけ集めては新しい一冊に仕立ててくれました。

疎開先で読んだ『君たちはどう生きるか』

幼稚園を卒園すると、国民学校に入学しました。私は「さすが学校は幼稚園よりずっといい」と感心しました。学校では先生が私の名前を正確に呼んでくれるし、机には名札が貼ってあります。つまり、自分の居場所がちゃんとあったのです。

一年生にあがって間もなく、戦争が始まりました。そのため私は、六年間で四つの学校に通ったんですよ。二年生のときに杉並区天沼三丁目から天沼一丁目に引っ越して、転校。三年生で学童疎開令が出て、札幌の学校に通いました。四年生で敗戦。五年生のときに父の赴任先が福島になったのを機に、今度は福島に引っ越しました。

転校するのは平気でした。馴染《なじ》んだお友だちと別れるのはつらいけれど、新しい学校にはどんな子がいるかな、って楽しみだから。小学校六年間のこの体験が、いま小学校一年生の「こくご」の教科書に載っている「くじらぐも」を書くときに役に立ちました。

忘れもしないことがあります。小学校二年生のとき、クラスの子たちと本の貸し借りをしていました。もののない時代でした。私の手元にあったのは、アンデルセン童話集一冊だけ。若草色の表紙で、挿絵の入った、とてもきれいで立派な本。父が入学祝いに買ってくれたのです。それを隣のクラスの子に貸したら、先生に「外国の本を読むとは何ごとだ」と取り上げられて返ってこなかった。大ショックでした。それからは、用心して、外国の本は他人には見せないことにしました。

戦局が厳しくなってくると、親たちがひそひそと出征とか赤紙とか話しているのが耳に入るようになりました。そのうち学童疎開令が出て姉と私は札幌に疎開することになったのです。

母はよほど心配だったのでしょう。なにかというと「お手伝いするのですよ」とか「きょうだい喧嘩をしない」とか、目をつりあげてきりきりしていました。疎開するとなったらしつけをしなくちゃいけないし、にこにこなんてしていられないのよね。

父が一番心を砕いたのは、子どもに本を持たせることでした。知り合いを訪ねて、もう読まなくなった本をいただいてきては、りんご箱に詰めて荷づくりしてくれました。『君たちはどう生きるか』が入っていたわね。「札幌に行ってから読むんだよ」と言われました。疎開の荷物は限られていたと思うけれど、そのなかの一箱を本にあてくれたのです。父は私と姉を本屋さんに連れていき、ガランとした棚にあった北原白秋の詩集を姉に、野口雨情の詩集を私に買ってくれました。それを持って、私は札幌に行きました。

行李のなかで出会った「マザー・グース」

家族とは離れていたけれど、特に寂しくはありませんでした。祖母は初孫の姉を溺愛していたし、私はおじいさん子だったし。それに、祖父母の家には戦前の本がたくさんあったのです。私は本棚から明治大正文学全集を手当たり次第に引き抜いて読みました。うるさい親がいないから、これ幸いとばかりに、『乳姉妹《ちきょうだい》』も江戸川乱歩の『人間椅子』も読みましたよ。でも『金色夜叉《こんじきやしや》』を読んでいたら祖母に見つかって、「それは子どもの読むものではありません」と注意されました。続きは隠れて読んで、わからない言葉があっても「これはおばあちゃまに聞くわけにいかない」とピンとくる。それで、辞書の引き方も覚えました。初めて引いた言葉は

宝物の『世界童謡集』。表紙のイラストを模写するほど好きだった

「妾《めかけ》」だったわね。「妻にあらざる女」ってあったので、次に「妻」を引いたら「婚姻せし女」ってある。そんな調子で、全然退屈しないのよ。本を読んでいたから、ホームシックにならないで済んだのでしょう。

祖母は、昔のものを全部行李《こうり》に入れて残していました。私と姉は中二階にある女中部屋と呼ぶ小部屋に入り込んでは行李を開けて、母や叔父の使った教科書や日記、成績表などを引っ張り出しては読みました。そのときに見つけた本は、今も大事にしています。冨山房《ふざんぼう》の『世界童謡集』。武井武雄と岡本帰一のイラストが入っていて、モダンでしょう。叔父の本でしたが、その後正式にもらい受けて、今では私の宝物です。これを読んで、西條八十《さいじょうやそ》という詩人を、最高に尊敬しました。この本には、外国の詩、遊び歌、子守唄までたくさん入っています。マザー・グースも載っていて、私は不思議でおかしなマザー・グースの歌が特に気に入りました。でも、マザー・グースが何者なのか、さっぱりわからない。それで「マザー・グースってなあに」と英語に詳しい祖母に聞いたら、「マザーはお母さんで、グースはがちょう」と教えてくれました。でも文学に興味はなかったのか、マザー・グースのことは知らなかったみたい。

戦争のない世界に行きたかった

札幌には父や母の友人がいました。親元を離れた姉と私を不憫《ふびん》がって、よく家に呼んでくださった。よそのお宅に行くと私はね、本のありかがわかるんです。それで、床にぺたっと座り込んで片っぱしから読む。佐々木邦のユーモア小説のシリーズや、サトウハチローの『あべこべ玉』とか、面白い本がいっぱいありました。
その上、嬉しいことに札幌の国民学校では、先生が毎朝、豊田正子さんの『綴方教室』を読んでくださったの。楽しみで、雨の日も雪の日も喜んで学校に行きました。

その頃の東京では作文教育が否定されていたそうで、のちのちその話をしたら、「東京で、そんな授業をしたら先生が思想犯で捕まってしまう」と驚かれました。札幌は呑気《のんき》だったのでしょうね。先生は子どもたちにいい文章を書いてもらいたくて、一所懸命読んでくださったのです。クラスの子たちは作文なんて全然興味がないらしかったけれど、私は大好きでした。

豊田さんは東京の下町っ子でしょう。私は下町ではないけれど、東京が懐かしかったし、それに戦争のない時代に書かれているから、登場する人たちが自由なのね。まあちゃんは私の心の友になったのです。毎晩寝る前に、その日先生が読んでくださったのを頭のなかで繰り返しながら、まあちゃんと東京で一緒に遊んでいる気分で眠りにつきました。

考えてみたら、疎開生活は一年で終わったし、原爆も空襲も知らない。学校で私たち低学年はみそっかすでした。それでも、不安と恐怖の日々でした。

札幌では、よく空を見ていました。空は別れ別れになった人たちのところとつながっている、って。親が恋しいとは思わなかったけれど、弟や妹に会いたかったわね。それからお友だちにも。だから私、アンネ・フランクの気持ちがよくわかるのです。

家の近くにクローバーの原っぱがあって、学校から帰ると子ども同士集まっていました。大人はかまってくれないから、皆で集まってはおしゃべりするのです。食べるものの話はしなかった。おいしいものを知らないもの。食べたことがないし。話すのはいつも、戦争のなかった頃の話でした。お母さんがどんなにやさしかったか、どんなにおしゃれをしていたか。それだけで、気が済むのです。私たちはただただ戦争のない世界に行きたかったのです。

子どもは大人の一挙手一投足を見ていますからね、感じるのよ。手紙の検閲も恐ろしかった。気味が悪いですよ。本土と北海道は離れているでしょう、だから検閲があるんです。親から届いた手紙は封を切られて、赤いハンコが押してあるの。不適切なところには赤線が引っ張られている。「ご近所のなになにさんが出征しました。南方に行きました」というところも消されていました。母が書いたものが消されていると、まるで母が悪いことをしたようで、ぞーっとしましたね。

その年（一九四四年）の一二月、母が弟と妹を連れて札幌に疎開してきました。父は蚕糸試験場と一緒に山形の新庄に疎開しました。

家族一緒で、空襲もなくて

戦争が終わった八月一五日、祖母と母と猛暑の縁側で一緒にラジオを聴きました。そのとき祖母が「もう空襲はありませんよ」とエプロンの裾で涙を拭いたのを覚えています。母は一言も言わず、怖い顔をしていました。

いつものクローバーの原っぱに行ったら仲間が集まってきて、「これは大変なことだ」とぺちゃくちゃしゃべりはじめました。「日本は負けたんだ」とか「アメリカ兵は赤ん坊を放り投げて鉄砲でバンと撃つ」とか。私は講談社の絵本『リンカーン』の奴隷市場の話をしてね。

終戦直後に「ライフ」誌にのった、黒人の小学校と白人の小学校を対比した特集を読みました。英語教師だった親類のおばさんが、アメリカの将校の奥さま方に日本語を教えていたので、いただきものの「ライフ」誌が家にあったのです。白人の学校の水飲み場はちゃんとしているのに、黒人の小学校は、私たちと同じ、蛇口から直接水を飲むようになっていてね。知らない世界を知るのは面白いことですが、これにはいささかショックを受けました。


戦争が終わり、父が福島の蚕糸試験場の支場長に任命されて、私たちは再び家族で暮らせるようになりました。北海道から福島に越すときは、汽車と青函《せいかん》連絡船でした。

福島は私の第二の故郷です。戦災を受けていないから、四方八方どちらを向いても焼け跡はなくのどかないいところ。父にはもう召集令状は来ないから安心だし、ともかく空襲がないということだけで、じゅうぶんに幸せでした。

二〇〇七年に福島の市政一〇〇年記念事業に招かれて「絵本とおはなし講演会」をさせていただきました。そのとき、小学校の担任だったヒロ先生が車椅子でいらしてくださいました。久しぶりに会う先生は、色が白いのでびっくりしちゃった。あの頃は私たちと校庭で走り回っていたので、日焼けしていらしたのね。そのときに伺ったのですけれど、ヒロ先生は戦争で動員されて教師になったのですって。師範学校を出ていないけれど、特訓を受けて先生になったそうです。「大変だったのよ」とおっしゃっていました。

とてもよい先生でね。一クラス六〇人以上いましたけれど、いじめなんて、まったくなかった。先生の目が生徒ひとりひとりにしっかり行き届いていたから。クラスに障害のある子がいたけれど、ほかの子と違って変だとかおかしいとか思ったことはぜんぜんありませんでした。ただ先生がその子には特別に親切にしていたので、皆「あの子に親切にするのは当然である」と思っていたのよ。遠足で私がその友だちと手をつないでいたら、行き交う人が皆ジロジロ見るのがどうしてなのか不思議でした。

父の東京土産の本

父は、東京に出張するたび、本を買ってきてくれました。最初に買ってきたのは『豆の一生』。今も名作として残っているのかしら。それから、トルストイの『子供のためのお話』、巌谷《いわや》小波《さざなみ》の『小波お伽《とぎ》土産』。竹山道雄の『ビルマの竪琴』が出たときも、父が行列に並んで買ってきてくれました。でも粗末な仙花紙《せんかし》が使われていて、猪熊弦一郎さんの挿絵も印刷が裏写りしていてね。私、あんまりわびしくて、すぐ読む気になれず、だいぶあとになって読みました。私は家にある戦前の大人の本ばかり読んでいたの。有島武郎全集や夏目漱石全集、志賀直哉全集などは豪華なつくりだったので、『ビルマの竪琴』はわびしすぎてあと回しになってしまったのです。父は貧乏と言いながら、本をたくさん買い込んでいました。姉に言わせると、本を買うから貧乏なんですって。私もその通りだと思いました。

図書室で出合った岩波少年文庫

福島では、小学校五・六年生の二年間、そして六・三・三制二年目の新制中学に通いました。中学校はまだ校舎がなくて小学校に間借りでした。一年生は体育館をベニヤ板で仕切って教室に使っていました。そしてないないづくしの中学校なのに、なんと、図書室はあったのです。

ただし入り口は美術室と共用で、図書室のプレートが並んで下がっています。入ると横長の机があって、本が何冊か置いてあるだけ。図書室設置はGHQの命令だったんですって。「新制中学には図書室を設置すべし、司書はいずれ置くべし」とね。その話を石井桃子さんにしたら、「そうとは知らなかった」と驚いていました。GHQはいいことしてくれたのね。

ともかく、図書室は、いつ訪れても誰もいない。私は勝手に借りて読んでは返していました。毎日通っていたある日、図書室に新刊本の岩波少年文庫の『ふたりのロッテ』が置いてあったのです。飛びついて読み始めたら、もう面白くて面白くて夢中になりました。

作者のケストナーは、自分を「僕」と言い、読者に「君」と呼びかけます。私たち少年少女を一個の人格として認めて、大人と対等に扱っていることに感動しました。それから両親の離婚問題を取り上げていたところも新鮮でした。当時の日本の風潮では、離婚は大人の問題で子どもには関係ないという感じでしたからね。

私は家に帰ると、夕食の席で「今日学校でこんな面白い本を読んだのよ」と話しました。きょうだいも「読みたい」と言ってね。翌日、母は弟と妹を連れて、西澤書店に行き、出たばかりの岩波少年文庫を五冊買ってくれたのです。私にとって、まさに歴史的幸運だったわね。以来、少年文庫は父と母も認めるよい本であるとのお墨付きをもらって、新刊の出るたび、子ども部屋の棚に並んでいきました。

今日の私があるのは、新制中学の図書室で出合った岩波少年文庫のお陰なのですよ。岩波少年文庫には、古今東西の、いわゆる名著とされる児童文学が網羅されていました。なかには第二次世界大戦を扱ったものもありました。私は出版されるたびに読み、本のなかでさまざまな子どもたちに出会ったのです。

子どもの文学だから、主人公の子どもは実に生き生きとしていて、魅力的です。その子どもたちに、私は強く惹かれました。まわりの大人たちもしっかりと描かれていて、自分がお手本としたいような立派な大人や、子どもをよく理解してくれる理想的な大人がたくさん登場する。もともと、子どもは恨んだり、嘆いたり、絶望したり、悲観したりしないのではないかしら。私が本のなかで出会った子どもたちも、その後実際に出会う子どもたちも、今をより愉快に素晴らしく過ごそうと精いっぱい生きている。前進あるのみで、「赤ちゃんのときどうだった」なんて過去を振り返っている暇はないでしょう。いつも前を向いています。喜怒哀楽すべてを頭のてっぺんからつま先まで全身で表現しています。

あとでわかったのですけれどね、石井桃子さんたちが岩波少年文庫の企画を出したときに、出版社の上層部は「こんな地味な本は売れない」と渋ったそうです。でも「これからの少年少女のために」と、石井桃子さんや吉野源三郎さんが熱意を傾けて編纂して、まず第一回配本の五冊を出したら、全国の新制中学が買ってくれたそうです。そのお陰で岩波書店は、その後もずっと少年文庫の出版を続けることができた。学校が本を買うというのは素晴らしいことなんだと感動しました。

文庫本で世界が広がった

少年文庫はともかく面白くて、きょうだいと奪い合うようにして読んでいました。母も私たちが学校に行っている間にちゃんと読んでいて、「ハイジには泣かされましたよ」なんて言っていました。

ディケンズの『クリスマス・キャロル』は、きょうだいで奪い合いでした。そのとき、「岩波少年文庫は個人のものにはしない、友だちには貸さない、門外不出」と、全員で決めたのです。「お嫁に行くとき、持っていかない」ということまできちんと決めました。

読んでいると、作者や翻訳者の名前も覚えます。まず最初に「石井桃子の本は必ず面白い」ということを覚えました。それから大人向けの本で、「この訳者の名前は知ってる。面白そう」と読んでみる。中野好夫、竹山道雄、野上弥生子、河野与

一、井伏鱒二、阿部知二……。お陰で読書の幅が広がっていきました。

戦後いっせいに新潮社や岩波書店が文庫本を出したことも幸いしました。世界の十大小説も、文庫本で読んだくちですね。本屋さんに行くと、まっすぐ文庫本の棚に行って、ずらりと並んだ背表紙を見るのが楽しみでした。タイトルで面白そうな本を探して、あたれば嬉しいし、つまらなければがっかり。

最初に読んだ岩波文庫は、九歳のとき。父の本棚にあったグリム童話でした。金田鬼一《きいち》の訳で、今も出ていますね。父は片付けが下手で、天井に届くくらいの、ガラス戸の付いた大きな本棚のなかは滅茶苦茶。専門書から小説、美術全集まで何でも一緒くた。本の背表紙をきれいに並べるのが私の遊びでした。そのときに手に取ったのがグリムだったのです。私たちの世代はまずカタカナから学んだでしょう。それで題名がカタカナなら私にも読める本だろうと踏んだわけです。小学校を出ていればもう読めるようなやさしい文章でした。

それから『寡婦《かふ》マルタ』という本がまた面白くてね。「寡婦」という文字は難しいけれど、マルタがカタカナだったから読めるだろう、と手に取ったのです。ポーランドの女性作家がエスペラント語で書いた本で、こちらは改造文庫から出ていました。女性を啓蒙するために書いたんじゃないかしら。

ほかにも、ロマン・ロランやヘルマン・ヘッセ、モーパッサン、ゾラ、バルザック、サマセット・モームなど、中学、高校頃には夢中で読みました。まあ、同じカタカナでも『ツァラトゥストラはかく語りき』と『ゲーテとの対話』はさっぱり面白くなくてダメでしたけれどね。

みどり保育園の主任保母として、作家として、母として

将来なりたいものは？

中学から高校の頃の私には、将来の夢がたくさんありました。それも本の影響です。キュリー夫人の伝記を読めばキュリーさんみたいになりたいし、ナイチンゲールも立派だし。でも現実は私の能力ではとても無理とわかっている。

「ドリトル先生」シリーズも大好きで、本気でドリトル先生の奥さんになりたいと思いました。いずれにしても波瀾万丈の人生に憧れて、退屈きわまる良妻賢母は否定していたのです。家庭の主婦なんて一番つまらないだろう、と。

なにせ私には反抗的なところがあるのです。「われ抵抗する、ゆえにわれあり」がモットーです。義務教育九年の半分は戦争中の教育、残りの半分は民主主義の教育を受けると、こうなるのよ。中学の担任は中国戦線で負傷した人でしたが、新しい憲法ができたときはそれはもう、涙を流さんばかりに感動して「前文を暗記せよ」と命じたのです。ところが休み時間になると、戦争中に体験した血湧き肉躍る武勇談をして、男の子たちの拍手喝采を受けているのね。

大人は信用できないと、私は憤慨しました。でも、少年文庫は信用できたの。よい本は、当たり前のことをちゃんと言うでしょう。戦争があろうとなかろうと真実は真実であり、時代に左右されない。ドイツ侵攻後のオランダの家族を描いた、ドラ・ド・ヨングさんの『あらしの前』と『あらしのあと』を夢中で読みましたよ。私たちと同じ世代の子どもたちがどうしていたのか、とっても興味があったのね。自分のいる場所は家と学校だけだったから、東京と北海道と福島以外の日本と外国、戦争に勝った国も負けた国も、全部知りたかった。なにしろ外を見たかった。見ざる聞かざる言わざるの時代、私と同じ世代の子どもたちがどんな暮らしをしていたのか、第二次世界大戦をどう生きていたのかを知りたかったのです。

面白い本は子どもを成長させてくれる

今も昔も、一五、六歳前後は大変な時期だと思います。子どもから大人へ乗り越えなくてはならない山場でしょう。本人が一番苦しい思いをする。そこを乗り越えると、大人の世界に入って少し楽になるのではないかと思うのです。

児童文学のテーマは成長だと、私は思う。質のよい本は、読者も成長させます。主人公になりきって、共に成長していく自信と安心、希望を、与えてくれるのではないかしら。

子どもは成長願望の塊で、日々成長している。だから希望に満ちている。子どもの生活は決して甘いものではないけれど、たとえ絶望や挫折があっても、乗り越えて立ち直る力を持っているはずです。

私はもう一度子どもになりたいとは思いません。子ども時代というのはとても厳しくて、もう二度とやれない。大人はなんて気楽なものでしょう。都合のよい嘘をついたり、いい加減なことを言ったり。特に政治家は「記憶にございません」で万事解決のつもりです。

子どもの成長過程には、よいこともあれば、辛いことや厳しいこともあるでしょう。だからこそ、お話になるのだと思います。紆余曲折《うよきょくせつ》いろいろあって、やっとハッピーエンドになったところで「ああ、面白かった」となる。それに、優れた本には、よい大人が出てきます。「私もこういう大人になりたい」とお手本にしたい大人が出てくるんですよね。それで「良妻賢母なんか」と否定していた私も、軌道修正したのです。だって、『小さい牛追い』のお母さんは、ほんとうにいいお母さんです。

「どんな本を読んだらいいか」とよく尋ねられますが、私は、面白いから本を読んだのです。賢くなろうなんて思わない。学校でいろいろお勉強はするけれど、人間について大事なことを学ぶには本も大切。それに、本は、子どものときに読んでも面白いし、大人になってから読んでもまた別の楽しい読み方ができるものです。今の子どもたちが本を読まないというのは、怖いですね。人は言葉によって人になる。言葉を定着させるものとして本がある。本を読まなくなったらどうなるかと、石井桃子さんは心配していましたよ。

老後はもう一度ゆっくり少年文庫を読もうと楽しみにしていたのですが、残念ながら目がくたびれて思い通りにいきません。若いときに読まなくてはダメですよ。

子どもと長く関われる仕事をしたくて

結局、私が選んだ道は保育士でした。

私が夢中で読んだ子どもの文学の魅力は、煎じ詰めれば「子ども」そのものの面白さです。どんな子どもにも長所と短所があり、どんな子どもにも一筋なわではいかないところがある。ひとりひとりがとびっきり個性的で、お話の主人公になる要素を持っている。そうした子どもたちを相手にした仕事をしたい。

中学生のときに村岡花子翻訳の『ジェーン・アダムスの生涯』を夢中になって読みました。彼女の設立したセツルメントはいろいろな子どもが集まってくるのでいいなと思っていましたし、父からは家庭学校の愛すべき少年たちの話をしょっちゅう聞いていました。それに、福島の蚕糸試験場の近くに瓜生岩子《うりゅういわこ》さんの設立した養護施設があって、園長さんのお嬢さんと妹が幼稚園の仲よしで、お母さん同士も仲よく、私は母のおつかいで、ときどき立ち寄っていたのです。広い普通の民家で、子どもがいっぱいいて、とても楽しそう。私は、子どもの大勢いる家が大好きで、羨ましかったのです。

でも、子ども相手の仕事というと、小学校の教員なら六年、中学の教師ならわずか三年。私は欲張りで、もっともっと長いほうがいいし、小さい子から関わりたい。児童福祉法によると、児童は生後六ヶ月から一八歳まで、です。

あるとき、父の読んでいた雑誌「遺伝」に「都立高等保母学院探訪記」というのが載っていました。学生たちが真摯《しんし》で、とても感じのいい学校。戦前、戦中、戦後の大変な時期に、恵まれない子どもたちを守るべく頑張った先生方が、児童福祉法ができたときに東京都に働きかけてつくった保母を養成する学校なの。私、すっかり感動して「この学校に行きたい」と思ったの。その頃は福島で暮らしていたのですが、運よく父が東京に転勤になったんですよ。チャンス到来、試験を受けて保母学院に入り、二年間みっちり、児童福祉を学びました。

保母学院は一クラス五〇人。二学年で、夜学もありました。同級生には、戦争でいろいろと苦労した人もいれば、私のように無事に高校を出た人もいて、まさに多士済々。皆、目標を持って一所懸命勉強していました。

ほんとうにいい勉強をしましたよ。それまで私は「本のなかでいろいろな子を見ているから、どんな子に会っても驚かない」と思っていたけれど、実際に実習に行くと、病気の子や身体の不自由な子の施設、親のいない子の施設などさまざまあって。こんなにいろいろな場所で子どもたちが一所懸命生きているのかと感動しました。

子どもは子どもなりに辛い思いや悲しい思いをします。そんなとき、大人たちの愛情のこもった慰めや、励まし、それに安心して頼れる大人の存在というのは、かけがえのないものとなります。子ども時代は、長い人生のごく短い間。私たちは皆、この時代を経て大人になったのです。

子どものための三原則

私が入学したのは、児童福祉法制定から七年目で、私は七回生です。どこの施設でも、子どもがとても大事にされていました。今はどうかしら。施設実習に行くと、どこも児童憲章を大事に、子どもの人権が固く守られていました。私たちも「大事なお宝に触らせてもらうのだから、子どもたちに失礼がないように」と、緊張しました。

もう戦災孤児の時代も終わっていたけれど、戦災孤児のパーセンテージの高い施設ほど実習生は楽と言われていました。親元で手塩にかけてちゃんと育てられているから、子どもたちの心が安定しているし、自分の親がなぜ死んだか納得がいっている。一方、親が家庭内不和で別れちゃったとか、傷害、犯罪を起こしたという場合は、子どもが宙ぶらりんになっていて、荒れているのです。それでも、親の悪口を言う子は絶対にいませんでした。

二年生のとき、初めて泊まり込みで施設実習をしました。希望があれば、そこを優先で、私は自宅のある高井戸のすぐ近く、東京家庭学校を選びました。普通の養護施設で、施設長は今井先生。同志社で留岡先生とご縁があった方に違いありません。ご長男も片腕としてご活躍でした。東京家庭学校の子は私の弟妹たちと同じ杉並区立の小・中学校に通っていたので、私はぜひ一度、訪ねてみたいと思っていました。母も子どもも好きなので、私の実習をきっかけに、東京家庭学校の子どもたちは、よく我が家に遊びに来ていました。

主任保母の先生は、子どもをひとりひとりお店に連れていって、気に入りの素敵なお茶碗を選ばせていました。私の家なんか戦後で何にもないでしょう、家庭学校のほうがリッチでよっぽど揃っていました。それに、食器集めが道楽のライオン歯磨の社長夫人が家庭学校を応援していらして、不用になった食器は家庭学校に寄付なさるのです。だから、子どもたちは金の飾りが付いたバラの模様のディナーセットで、鯖の味噌煮なんか食べているのよ。楽しいでしょう。それから卒業生に魚屋さんで奉公している少年がいて、暮れには握りずしをご馳走していました。親方の理解と協力あってでしょう。

それにキリスト教系の施設なので、アメリカからララ物資が送られてきていました。女の子たちは、私よりいい服を持っていた。要領のいい子はおしゃれなのを選ぶし、野暮ったくても平気な子もいる。職員の皆さんは、留岡先生の教えをしっかりと受け継いでいるから、さすが家庭学校、子どもたちは自由にのびのびしていて、生活全体が非常に豊かでした。

礼拝室を兼ねた広いホールがあって、児童憲章の三原則が額に入って掲げられていたことは忘れられません。児童憲章の三原則とは、「子どもは人間として尊ばれる」「社会の一員として重んじられる」「良い環境のもとで育てられる」。いいでしょう。この三つがあれば、何もいらないじゃない。どこの学校でも校長室には「親切に」とか「ありがとう」ではなく、児童憲章を掲げたらいいのにって思うんですよ。

午後になると、学校から帰ってきた男の子たちがホールに集まってきました。大人はすうっといなくなって、子どもたちだけで、学校での出来事を吐き出すのです。その日何があったのかぎゃーぎゃーと、さんざん喚いたり騒いだりコンチクショウと叫んだり。それからおもむろに明るく声高らかに「俺たちは児童憲章で守られているんだよな」と叫ぶと、さっと解散するのです。

あのときの子どもたちの姿は、今でも忘れられませんね。児童憲章の三原則が、ほんとうに力になっていると感動しました。

「求む、みどり保育園主任保母」

保母学院を卒業すると、児童福祉施設で働く資格をいただきます。私は優等生よりも不良が好きだから、教護院も気になっていました。一緒にいられたら面白そうじゃない。ところが、教護院はまず美人で、成績も一番でなくては勤まらないそうなのです。さもないと不良少女の頂点には立てないのね。それなら養護施設も、子どもたちと長く一緒にいられそうだからいいなと思っていました。

あれやこれや迷いに迷って、結局私は、一番平凡なところにおさまりました。保育園の保母です。それも、野原で走り回れる「みどり保育園」。一目で気に入りました。

学院の教務課の求人板にあった「求む、主任保母。みどり保育園」と、筆書きの求人票が私の目に飛び込んだのです。普通は皆、区立の保育園に行きたいものなの。優れた先輩がいるし、お給料も安定している。その次に人気のあるのは、認可のある保育園。無認可の保育園の求人は、みどり保育園だけでしたね。

私は「主任」というところが気に入っちゃったのよ。実は私がやりたかったのは園長でした。園長なら『ドリトル先生の楽しい家』みたいな環境で理想の保育ができるでしょう。でも、学校を出たてで園長はさすがに無理であきらめました。それで、「私はみどり保育園にします」と決めました。「無認可の保育園で、経験のない新卒を主任にして大丈夫だろうか」と先生方も心配してくださったけれど、私は右向けと言われると左に向きたいの。親もびっくりして「途中でやめないで一年は勤まるか」と聞くから「やる」と答えました。

面接の日に、生まれて初めて駒沢に行きました。渋谷から玉電《たまでん》（東急玉川線）に乗り換えて駒沢で降りると、見渡す限り草ぼうぼうの広い広い原っぱに、引揚者住宅と戦災者住宅がぽつんぽつんとあって。西のはずれの窪地に、目指すみどり保育園がありました。トタン屋根を葺《ふ》いた真四角の倉庫のような建物。東京都の土地を無断借用しているので、看板を出してはいけないんですって。

私を待っていたのは、きちんとしたスーツにネクタイをしめたジェントルマンがふたりと和服姿のおじいさん、そして和服をお召しの女性とワンピースの女性。スーツの男性のひとりは、駒沢グラウンド場長で東京都社会教育課課長の笠原さん。もうひとりはワンピースの天谷《あまや》保子《やすこ》先生のご主人の章雄《あやお》さん。和服の女性は笠原さんの奥さまの松栄《まつえ》さん。和服のおじいさんは民生委員の花房民治《はなぶさたみじ》さん。大人たちがきちんとした服装で、二〇歳そこそこの学校を出たばかりの私を迎えてくださったのです。

みどり保育園をつくった人たち

天谷先生は、生まれも育ちもご立派な、陸軍中将のお嬢さまでした。お父さまは戦前、駐在武官として外国にいらしたこともある方で、詳しくは知りませんが、開戦には反対でいらしたとか。司令官でありながら終戦までフィリピンに幽閉されていたそうです。敗戦で日本に送還される途中、お気の毒に、飛行機が大菩薩峠《だいぼさつとうげ》で墜落して亡くなりました。家族を思う短歌をたくさんお残しになったそうです。

ご主人は三菱重工にお勤めの営業マン。駒沢の社宅にお住まいでした。当時、造船ブームで、しょっちゅう外国に出張していらっしゃいました。ご主人のお父さま天谷秀《しゅう》さんは東京音楽学校で滝廉太郎と同期で、文部省（現・文部科学省）の音楽の教科書づくりに尽力なさった方です。神田に東京音楽院という私立の音楽学校をつくったのですが、スペイン風邪で若くして亡くなられたそう。お母さまはたいへんしっかりされた方で、孟母三遷、息子の章雄さんは本郷の誠之《せいし》小学校から府立一中（現・日比谷高等学校）、商科大学（現・一橋大学）と秀才コースを進み、三菱重工に入社したそうです。

駒沢グラウンドは元はゴルフ場で、面積は四一万三八〇〇平米あるんですよ。戦争中は病気になった軍馬の療養施設があったとか。あのあたりは馬に関わる地名も多いから、何か馬にご縁があるのでしょう。サッカーやラグビーの練習場もありましたが、整備されていなくて、ただの原っぱという感じ。原っぱ周辺のお屋敷も荒れ果てていて、お庭に子どもたちが勝手に出入りしていました。それで池に落ちたりケガしたり、マンホールの蓋が盗まれたりもし、危険がいっぱいでした。天谷先生は、池に落ちた子を戸板に載せてお医者さんに運ぶ手伝いをしたときに「子どもは安全なところで遊ばせなくてはダメだ」と肝に銘じたそうです。

そういうことで原っぱ界隈のお母さんたちが自主的に保育、青空保育をすることになったのです。中心になったのが保母学院卒のベテラン保母さんでした。私はお逢いする機会のなかったのがかえすがえすも残念。天谷先生によると、たいへん優れた先輩だったのは確かです。天谷先生は真っ先に参加して、保育のハウツーを覚えたのね。あの頃は「青空子ども会」とか、「青空なになに」というのが流行ったのです。

お母さんたちには、それぞれいろいろな事情があったようです。戦争で何もかもなくした人が多かったでしょうね。

一九五五年頃にはだいぶ状況が落ち着いて、駒沢の青空保育は解散しました。天谷先生は「青空保育」の経験と独学で保母の資格を取って、引き継ぎたいと希望された。ちょうどその年は、天谷夫妻の結婚一〇年にあたり、ご主人に「保子の欲しいものを何でもプレゼントする」と言われて、パッと「保育園」と答えたんですって。それでご主人は「男に二言はない」と、愛妻の願いに応えたそうです。ご主人の理解と協力あっての実現でした。

いざ「みどり保育園」をつくるときには、笠原場長ご夫妻、民生委員の花房さんが応援してくれました。名目上、園長は花房さん。町内でいろいろな世話役をなさるなど信望厚く、保育園のよき理解者でした。開園してからは、毎朝孫を保育園におんぶしていらしてましたよ。笠原場長ご夫妻は、グラウンドにぽつんと建つ場長宿舎にお暮らしで、青空保育の頃から協力いただいていました。笠原場長さんは引揚者で、苦労なさっている。とても趣味が豊かな素敵なおじさまでした。GIが読みすてたのを上野の古本屋で売っていたイエロー・ブックが愛読書で、夜読むのだそうです。お小遣い稼ぎにナイトクラブのバンドでベースを弾いていたこともあったそう。オーディオマニアで、部品を組み立てて、よいのができると、それまで使っていたのを保育園にくださる。女の子たちはレコードをかけて、踊り回っていました。奥さまの松栄さんは、とても気さくな江戸っ子気質の働き者で、体格もよく、小柄な天谷先生を見かねて、片付けや掃除や力仕事を引き受け、事務的な面も万事やってくださいました。地域のお母さんとのお付き合いもお上手でした。

「みどり保育園」の卒園式。
前列真ん中が花房さん。後列左端が中川さん、後列右から天谷先生、笠原さん

こうした方々の協力を得て、古材を利用した、一見資材置き場にある長方形倉庫のような園舎を、ニコヨンさんに手伝ってもらって建てたそうです。今の人は、ニコヨンさんを知らないかしら。失業対策の日雇い労働者。男も女も道路の整備などで、日給の二四〇円（百円を「一個」として、二個四＝ニコヨン）をもらうの。日給を払わないといけないからって、上野ではあちらの土の山をこちらに移し、次の日はこちらの山をまたあちらに移し、を繰り返していたみたいよ。ニコヨンさんはもう、死語になっちゃったのね。笠原さんは、四一万平米の敷地をバイクで颯爽《さっそう》と走り回ってニコヨンさんたちを監督・指導していました。

トタン屋根の園舎の中には、子どもの遊び場のホールと六畳ぐらいの小部屋とトイレ、水道。小部屋の外には枝ぶりのよい大木が一本あり、小鳥たちが集まって、子どもたちの声に負けないほど毎日賑やかでした。

こうして園舎ができあがり、専門の教育を受けた保育士をということで、「求む、主任保母」の募集を出して、私が加わったというわけです。天谷先生によると、「一番優秀な保母の養成学校はどこか」と調べたら「都立高等保母学院」ということで、手書きの求人票を携えて単身で学校を訪れたんですって。彼女はすごいのよ、何でも即行動に移す人なの。

笠原さんの奥さまは四〇歳、天谷先生は三〇歳、私は二〇歳。一〇歳違いの女性三人の職場でした。

原っぱにないものは？

天谷先生は、最初にお会いした面接の日に、こうおっしゃいました。

「子どもたちが毎日喜んで通ってくる、ひとりも欠席のない保育をしてください」

「母親にとって子どもは命よりも大事です。その我が子を赤の他人に預けるのは非常に勇気のいることです。お母さんの信頼を絶対に裏切ってはならない」

「この保育園は貧乏です。すべて保育料で賄っているので、お金に余裕がありません。一銭一厘、無駄にしないこと」

「まず、楽しくなくては子どもは来たがりません。そのためには保育する私たちも大いに楽しみましょう。それにこの仕事は楽しまないと、割りが合いません」

「あなたは学校で学んだ保育を、ここで一〇〇パーセント活かしてください。ほかのことは、すべて私と笠原さんがやります。主任保母はあなた。私は園長として、すべての責任を負います」

私は「これは大変なことだ」と緊張しました。学校では実習や見学でたくさん子どもを見てきたけれど、実習生というのは半人前のよそもので、「子どもたちを見させていただく」立場だったでしょう。それが、一人前の保母になって、初めてよその子どもを預かることになった責任をひしひしと感じました。

それに、子どもたちは、親が「保育園に行け」と言うから来るけれど、つまらないと来ない。保育園の外の原っぱには、子どもたちの喜ぶ面白いものがいっぱいあるでしょう。どうしたら「子どもたちが毎日喜んで通ってくる、ひとりも欠席のない保育」をできるのか。

「子だくさんの家の子ども部屋」が私の理想の保育園でした。覚悟して丸一日じーっと子どもたちを観察しました。そこでわかったのは、子どもは実によく遊ぶということです。現実と空想の間を出たり入ったりして、実に愉快に遊ぶのです。「子どもは遊びながら育つと学校で学んだけれど、なるほど、ほんとうにそうだ」と思いました。

遊ぶには、頭と心と体を使います。上手に遊ぶ子は想像力が豊かだし、うまく遊べない子は想像力が乏しい、ということもわかりました。そこで「私の仕事は、彼らの想像力を育てることだ」と考えるに至ったのです。想像力を育てるには文学です。これは私の得意とする範疇《はんちゅう》ね。それでお話、紙芝居、絵本を活用したのです。子どもたちは毎日喜んで通ってきました。紙芝居や絵本は、原っぱにはないから。

保育園では、私が子どもの頃に親しんだ本も読みました。岩波文庫のグリム童話集、そして岩波少年文庫。なかでも子どもたちが喜んだのは、バイコフの『私たちの友だち』でした。

『ちびくろ・さんぼ』と「グリ・グル・グラ」

保育園には、どこからもらったのか、戦前の紙芝居がありました。なかには大正時代のものもありましたよ。

子どもたちは紙芝居が大好きで、終わると「ちぇっ、今日は十何枚か」なんて言う。一二枚が一番短く、「今日は一六枚だった」と言うときは、子どもたちの機嫌がいいのです。「それならもっと長いのをつくろう」と私は考えました。「この世にある最良のものを子どもに与える」が、私の願いでしたから。

それで、岩波の子どもの本の中でも大人気の一冊『ちびくろ・さんぼ』に決めました。まずは画用紙をいっぱい買ってきて、絵の具を揃えました。すると子どもたちが寄ってくる。子どもたちが遊んでいる間に紙芝居をつくり始めるのです。こうして二四枚の紙芝居をつくったら、大人気になって。特に、溶けた虎のバターを使ってホットケーキを焼くところが、みんなのお気に入りでした。この紙芝居は、最後は児童相談所に貸し出されました。今もどこかにあるかしらね。

次につくったのは「ぞうのバイちゃん」シリーズ。これは天谷先生が初版からずっと取っていらして保育園の棚に並べてあった福音館書店の月刊誌「母の友」に出ていたの。

　さて、女の子は何でも喜ぶんですけれど、男の子の喜ぶお話というのは、難しいのです。どうしようかと考えているときに、「プフ・エ・ノワロ」という絵本のシリーズに出合いました。私のフランス語の先生のところにあったのです。フランス語で「しろちゃんとくろちゃん」という意味ね。そのうちの一冊の*"Pouf et Noiraud campeurs"*は白い猫と黒い猫が近代的なキャンプ用品一式を持ってキャンプに行くお話で、それがまた素敵に面白いのです。本来はハードカバーの大型の美しい絵本でしたのに、その後ペーパーバックで出版されて、いま私の手元にあるのは、丸善で

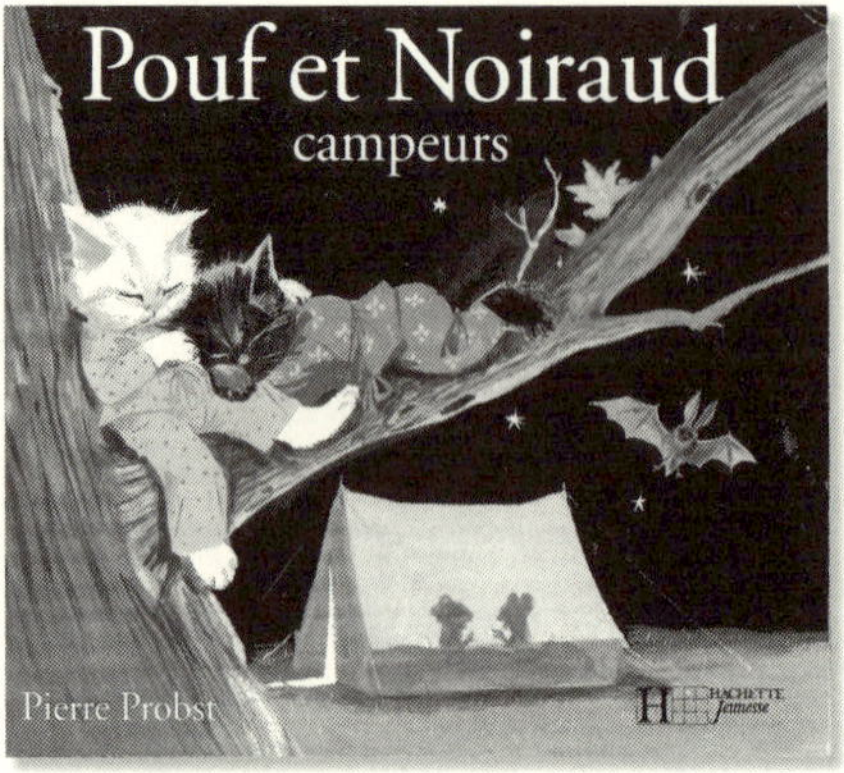

見つけたものです。

これを紙芝居にしたら、男の子たちに大受けでした。猫のキャンプのテントが珍しくて集まってきたねずみがグリ、グル、グラと騒ぐ場面になると、大合唱。

毎日毎日、『ちびくろ・さんぼ』の紙芝居をやって、次はグリ、グル、グラと大騒ぎでした。

ある日、天谷先生が、おうちからフライパンと小麦粉、卵などホットケーキの材料を一揃い保育園に運んできました。そして、子どもたちの前で、ホットケーキを焼いてご馳走してくださったのです。初めてホットケーキを見た子もいただろうと思います。皆大喜び

でした。

次の日、お母さんたちからもお礼を言われて。家に帰って「とってもおいしかった」と報告したのでしょうね。それで私は「よし、子どもたちにもっとすごいプレゼントをしよう」と決心して、大きなカステラが出てくる「たまご」というお話をつくりました。

このときのことと「プフ・エ・ノワロ」のグリ、グル、グラ、という音の響きがのちのち、『ぐりとぐら』の絵本の元になりました。

保育園の子へのプレゼント『いやいやえん』

保母学院の頃、朝日新聞に「女性のグループ訪問」という記事が載りました。童話の同人誌グループ「いたどり」が紹介されていて、リーダー格のいぬいとみこさんが岩波書店で少年文庫に携わっている、と記されていたのです。私はそれまで少年文庫を編集している人がいるなんて、考えもしませんでした。びっくりして、自分がいかに岩波少年文庫が好きかを手紙に書いて朝日新聞気付でいぬいさんに出したのです。なにせ本は隅から隅まで、文字は一つも残さず読んでいましたから、奥付の「乱丁本お取り換えします」も、岩波の住所も暗記していたぐらいです。

するとすぐ、いぬいさんから「いらっしゃい」とお返事をいただきました。そしていぬいさんがお仲間とやっている「いたどり」に誘ってくださり、参加することになりました。

「いたどり」の表紙には、井伏鱒二さんが描いてくださった「いたどり」の絵が載っていて感激しました。同人は私を

入れて五人で、私以外は皆、教養ある三〇代。私が最年少。小娘の私はいつも、お姉さまたちが話す、ボーヴォワールだのサルトルだのという話を聞いていました。

そのうち、私にも書く番が回ってきました。お姉さまたちが「保育園の子に聞かせるお話を書いたら」と助言してくれたのです。第一稿を書き上げたところ、「面白いけれど、これは生活記録だ」と言われました。どうしたら生活記録がお話になるか、何度も何度も書き直して、ようやくできあがったのが『いやいやえん』です。「はるのはるこ先生」は天谷先生で、「なつのなつこ先生」は私で、「ちゅーりっぷほいくえん」はみどり保育園。お話は、保育園の子へのプレゼントのつもりでした。そして密かに私の保育理論のつもりもありました。

挿絵も描こうと思ったけれど、すでに精も根も尽き果ててしまって。どうしようかと思案していると、子ども部屋で机を並べている妹の百合子が絵を描いていました。百合子は六歳下で、このとき高校生。「挿絵を描いてくれない?」と言ったら、生意気にも「面白かったらね」という返事。百合子は絵も好きですが、私以上に本が好き。私はご承知のようにくだらないものもたくさん読んでから岩波少年文庫にたどり着いたけれど、百合子は物心ついたときから岩波少年文庫。よいものばかり読んで育っている、純粋培養なんです。

原稿を読んだ百合子は「面白いから描くわ」と言ってくれました。こちらから注文は全然しなかった。私は常に低姿勢で「描いていただけるでしょうか。何とぞよろしく」という感じだったし。

石井桃子さんが教えてくれたこと

『いやいやえん』が同人誌「いたどり」に掲載されたのは、働き始めて二年目。できあがると、仲間たちが面白いと喜んでくれました。いぬいさんは編集部の上司だった石井桃子さんに渡してくださったの。岩波少年文庫で何度もお名前を目にしていた、憧れの方です。桃子さんは子どもの本研究会を始められたところで、取り上げてくださいました。それがきっかけで、『いやいやえん』は、子どもの本研究会編集、福音館書店刊行というかたちで出版することになりました。桃子さんの指導のもと、また何度も書き直しました。書き直すのはちっとも苦にならなかったわね。そしてだんだん、わかってきました。「子どもの本の書き方は教わってわかるものではない。図書館の本を全部読んで、自分でつかむもの」って。私も少年文庫を全部読み、さらに『いやいやえん』を書くことで、自分なりに大事なことをたくさん会得しました。

百合子も、石井桃子さんの助言で、挿絵を描き直しました。「モデルになる男の子を（みどり保育園から）借りてきて」と言われ、三年保育児の前田ひろしちゃんをお母さんに頼んで土曜日に連れ帰り、一泊してもらって、妹がつきっきりでデッサンしました。こうやって、『いやいやえん』は本になったのです。

出版したあと、石井桃子さんがアドバイスをしてくださったのは、「出版界は魑《ち》魅魍魎《みもうりよう》の世界だからよくよく気をつけなさい。断らないと、あなたがダメになります」ということ。私は、教えは必ず守りました。それで福音館書店の月刊誌「母の友」だけをホームグラウンドにしました。「母の友」は、天谷先生がずっと取っていらして、「私は「母の友」を教科書にして保育をやってきたのよ」とおっしゃっていたので、親しみもありました。それにしてもよく福音館のセールスマンが、あの小さな保育園を見つけて売りに来てくれたと感心します。

「母の友」には童話のページがあって、四〇〇字七枚のお話が載るのです。担当編集者は、のちに福音館書店会長になった松居直《まついただし》さん。私が本を出し続けてこられたのも、松居さんのお陰です。私はいつも「(作家を)生かすも殺すも編集者」と言っています。

でも、作家専業になるつもりは、まったくありませんでしたよ。私の本業は保育士で、保育が第一。「作品を書くことで保育の質が高まり、保育の質を高めることで作品の質も高める」を目標にしました。

我が家は「三権分立」で

親が結婚しろ、結婚しろとうるさかったのだけれど、私にそのつもりはありませんでした。「いたどり」のお姉さまたちは「サラリーマンと結婚したらダメよ、退屈するから」と言うし、私も自立していたかったから。

私にその気がないのをみて、親が「どういう人がいいのか」と聞くので「絵描きがいいわ」と答えました。その頃の私のまわりにはひとりもいなかった。ところがね、母と親しいご近所のおばさんの知り合いにいたんですよ、絵描きが。それが、中川宗弥《そうや》です。あとでわかったのですが、宗弥は東京芸術大学三年生の頃、みどり保育園のそばにあった住宅に下宿していたことがあるのです。私たちのぎゃーぎゃー騒ぐ声がいつも聞こえていたそうよ。こちらは知らなかったのだけれどね。まったくの偶然。

結婚したのは二三歳のときでした。「結婚がお互いの仕事のマイナスになるのだったら別れよう」と約束のうえ結婚して、もうすぐ六〇年になります。宗弥は何でも知っていて、私の何倍も博学なの。それが私にはとても便利で都合よくて、心のなかではいつも感謝と脱帽でした。

保育園にいながらお話を書くのは、いま思えば大変だったけれど、若さと体力もあったし、夫の理解があってこそ続いた。

宗弥は私の仕事をきちんと認めていました。勉強会に出かけるときや、石井桃子さんのところに行くときは、家事や育児を引き受けてくれました。仕事を持つというのはやっぱり大変なことだから、仕事をしたい女性は欲張って相手をお決めなさいね。仕事は高めていかなければならない、成長しなければならないと、結婚するときは心得て。あはは、偉そうなことを言ったわね。

結婚して一年後には息子画太《かくた》が生まれました。その日、宗弥は日赤産院からの帰り道、渋谷の大盛堂で『広辞苑』を買い、徹夜で調べて「画」という字を決めたの。

宗弥には姉が四人いて、それぞれの姪や甥の面倒を見ていたから、ミルクの飲ませ方とかオムツのあて方とかよく知っていたし、泣いた子をあやすのも得意でした。何も特別なことではなく、お互いに得意なことをひとつやればいいのです。私がやることは食事づくりと決めていました。家族三人が健康でいられるように。息子を肥満児にせず、栄養失調にもせず、食中毒にもあわせないように。それで三人が無事に生きていられれば、あとはどうなろうといい、って。食でつながる運命共同体と私は呼んでいました。

我が家は三権分立で、夫は夫、息子は息子、私は私。ほかのふたりの間で何かがあってもロ出ししないと決めています。息子が四歳ぐらいのとき、癇癪《かんしゃく》を起こしてテディベアの「こぐちゃん」にあたっていたことがあったのね。ふんづけたり叩いたりして。すると夫が、無言でこぐちゃんにしていたのと同じことを息子にしました。私は「なるほど、男同士とはこういうものか」と、ハラハラしながら見ていたの。子どもは子ども、生まれたときから独立した存在。児童憲章の通りです。そのほうがこちらは気が楽。

息子の画太も、みどり保育園に通いました。自分の子どもだからって特別、意識はしませんでしたよ。私が画太のお母さんだって知らない子もいたんじゃないかしら。

画太が保育園の一番幼い子のクラスだったときに、昼寝から起きるなり寝ぼけまなこでべそをかいて「ママ」と呼んだことがあるの。そうしたら、ひとつ年上の女の子が大真面目で「画ちゃん、『ママ』って言わないで。皆悲しくなるから」と言ったのです。保育園は楽しいけれど、誰だってママが一番。子どもたちは我慢しているのよね。それから画太は保育園では絶対に「ママ」と呼びませんでした。子どもの一言って効くのね。

宗弥と共作した最初の本は、『ももいろのきりん』。何ごともまず身近な家族で間に合わせるのは、戦争中からのやり方よ。いつもまずは文章を読んでもらうんです。それで「描くよ」と言われたら描いてもらう。あとはお任せします。宗弥は、よく文章を読み込んでくれるし、編集もやってくれます。印刷のことにも詳しいし、心強いんです。宗弥は石井桃子さんの訳された本にもずいぶん絵を描いているんですよ。初めてのお仕事だった『木馬のぼうけん旅行』を、石井さんが「初めて気に入る本ができた」と喜んでくださって。それから何作かご一緒しました。

画太とも一緒に本をつくりましたが、仕事中は夫婦、親子、姉妹か、一切意識しません。私は家族と仕事しているのではなく、「中川宗弥」と、「中川画太」と本をつくっているのだから。ここでも三権分立。夫は夫、息子は息子、私は私です。

書斎の壁には石井桃子さんの少女時代の写真、妹百合子さんが描いた『ぐりとぐら』、夫宗弥さんが描いた『ももいろのきりん』などの原画が飾られている

たくさんの本はなくても

東京オリンピックが本決まりになると、駒沢の原っぱで保育園を続けることが難しくなりました。それで天谷家が近くに八〇坪ぐらいの庭付きの家を買い、保育園の引っ越しをしました。のちのち天谷先生に「あなたがあまりにも熱心だから、私、保育園をやめられなかったのよ」と言われました。

資金繰りは大変だったようです。引っ越しのために神田小川町の天谷家の地所を売ったとき、ご主人は「ぼくの妻だ」と親戚から奥さまを守りぬきました。

新しい保育園の工事が始まってから、笠原さんが「子どもたちの遊び場がなくなってしまうから」と、児童公園をつくりました。今もあるでしょう、「ぶた公園」(駒沢オリンピック公園内)。あの公園は実は、みどり保育園の子のためにつくられたのですって。

この引っ越しをきっかけに、みどり保育園は四年保育、定員六〇人の、本格的な形になりました。一番上がさくら組、その次がもも組、それからすみれ組、最年少がたんぽぽ組。一年保育の募集はしません。なぜなら一年ではその子のことがわからないから。原則として三年保育か四年保育で、小学校にあがるまで預かりました。できるものなら生まれてすぐにぐらいの気持ちでした。

朝は九時から始まりです。時間外保育の子は八時ぐらいから来ていました。ひとりはお母さんが先生、もうひとりはシングルマザーでした。そういう子は、お友だちが来るまで天谷先生のおうちで過ごすのです。

お母さんがお仕事していようといまいと関係なく預かるというのが、天谷先生の考え。「夫婦仲のいい親は子育て上手。お父さんとお母さんを見れば、子どもがどんな子かわかる」ともおっしゃっていました。

最初は天谷先生も一応認可を取ることを考えたのですが「認可を取るならブランコを置け」とか「滑り台を設置しろ」とか、あまりにも決まりごとが多くてばかばかしくなった。だって、ブランコや滑り台を置いたら、子どもたちの遊び場がなくなるでしょう。先生は、お庭を子どもが裸足で遊べる砂場にし、プールをつくりました。

　ほかに天谷先生がこだわったのは、音楽と絵画は、ぜひ専門の先生にいらしていただきたいということ。幼い子の芸術教育といういささか大げさですが、いいものに触れさせたいと考えていらした。そこで、絵画は夫の中川宗弥、音楽は私の友人の音感教育家の熊谷隆子さんに週一度、指導してもらいました。お陰で、保育園の子は皆、絵を描くのも、歌うのも合奏するのも大好きでした。園舎には、バレエの先生が寄付してくださったLPもあって、子どもたちはレコードを自由に選んでは踊りまくっていました。「くるみわり人形」といったバレエの名曲もあれば、「表現用」のマーチ名曲集もありました。

　本は初めから、いぬいとみこさんに相談して、まず岩波の子どもの本を揃えました。お金がなくても、欲しいと言うと先生は全部買ってくださる。だから私も「主任として、いい加減なことは言えない」と肝に銘じていました。お金を無駄遣いできないのは、とてもよいことですね。一冊ごとに、「はたしてこれはこの先ずっと子どもたちに読まれるかどうか」と真剣に考えて選びます。

たくさんの本は必要ないのです。子どもにとって楽しい本や嬉しい本があれば、繰り返し読むでしょう。好きな本だったら、毎日読んでも目を輝かせて、「明日も読んでね」と言って帰ります。

子どもはいつでも全力投球

こうして一冊の本を通じて同じ楽しみができると、子どもたち同士が仲よくなりました。お互いがよくわかり合えるようになって、和やかになるのです。

もちろん叱ることもありましたよ。それでも相手の気持ちを考えて、頭ごなしに叱ることはしません。感情的にならずに話せば、子どもはわかるものなのよ。子どもだから、お友だちが好きで飛びついたのが喧嘩の元になったりなんていう誤解も、よくあることでした。だから双方の言い分をしっかり聞くんです。聞いているうちに言い分がだんだんとおかしくなっていって、最後はあまりにもおかしくて皆で笑っちゃうの。喧嘩は保育園の花でした。

子どもは全力投球、エネルギーを使うのは午前中です。午後はおまけ。だから、ひとつのことを一所懸命するのは午前中で、午後から夕方までぐだぐだしていていいんです。

子どもは外が大好き。よく公園に連れていきました。自然があれば、カリキュラムなんて改めてつくる必要はないのよね。今日の空を見るだけでも、わかることがいっぱいあって、つまりは学校の一年分のカリキュラムをやることと同じなんです。特に、駒沢は自然が豊かだったから、保育環境に恵まれていました。

私は散歩で外に出るときは、できれば二丁拳銃を持っていたいほど用心していました。大切な子どもたちを預かっているのですから、不審者はいないか危険物はないか、まわりを確かめ、しょっちゅう子どもの頭を数えていました。

戦時中の想いを込めた「くじらぐも」

保育園に通ってくる子は、神経質な子もいれば、呑気な子もいます。おっとりした子、ずうずうしい子、恥ずかしがり屋の子、ひがみっぽい子。エネルギーの有り余った子もいれば体力のない子もいるし、荒っぽい子がいるかと思えば、何をやるにも丁寧な子もいる。おしりの軽い子もいれば、おしりの重い子もいる。すぐに理屈をこねる子がいるかと思えば、何を言ってものほほんとしている子もいる。必ず反抗してくる子もいるし、従順な子もいます。集中型の子もいれば、すぐ飽きてしまう子もいます。けれどもどの子も、常に一所懸命でかわいいという点では皆同じでした。ひとりひとり個性があって、実に面白いんですね。

私のお話は、そうした子どもたちへのプレゼントのつもりでした。唯一の例外が、「くじらぐも」ね。これは小学一年生の教科書用に石森延男先生からの依頼で、書いたものでした。私にとっては平和教材なんです。

私は戦争中の小学生だったので、疎開や引っ越しや転校を繰り返したでしょう。お陰で、幼いときの手垢やよだれの染み込んだおもちゃが一切ありません。幼友だちもいない。戦争で、皆バラバラになってしまったのです。それはとても寂しいことです。宗弥は私より三年先に生まれたので、小学校のお友だちとずっとつながっている。たった三年違いで私の子どもの頃と違うのよ。

　私たちの世代はみそっかすでした。国民学校では戦争には当分役に立たないと、あまりかまってもらえなくてね。「くじらぐも」の背景には、私なりのいろいろな想いがあります。

　「くじらぐも」では、先生と子どもたちが校庭の真ん中で大きな輪になって手をつなぐ場面が出てきます。戦争中はできなかったことですよ。敵の弾がいつ飛んでくるかわからないから。それに私が一年生の頃、先生は教室で一段高い教壇に立っていました。体育のときは、校庭で私たちも先生も同じ地面の上で、先生にさわれるのです。それが嬉しかった。先生と直接手をつながなくても、皆の手を伝って流れてくるスキンシップを感じました。

　戦争中は無性に別れたお友だちに会いたくなる。私は北海道に疎開したから、汽車だけでは帰れない津軽海峡がある。それで会いたくなるといつも空を見て「空はつながっている。雲に乗れたらなあ」と想像していたのです。

石森延男先生には「文字を習った子どもが読む楽しさを覚えるようなものを書いてください」と言われました。国語が好きになるか嫌いになるか、責任重大です。四〇〇字四枚書くのに、一年かかりました。全国の一年生が喜んで読むものを書かねばならぬ。日本中どこの土地でも春は桜とはいかない。全国どこでも同じ一年生を念頭におきました。男の子も女の子も先生も学校も。

小学校一年生について改めて調べました。先生方のレポートを一山は読んだでしょう。「くじらぐも」は、一年かかってやっと書き上げた苦心の作です。今も教科書で使われているということが、とても嬉しいの。

大阪・箕面《みのお》の小学校の校長先生にお目にかかったとき、かつて一年生の担任だったそうで、いたってのんびりした小学校で、どうやったら国語に興味を持ってもらえるか考えたんですって。当時は入学前に自分の名前を書ける子が珍しいような時代で、「こくご」にも無関心。それで原っぱに子どもたちを連れていって、「くじらぐも」を読んで聞かせたんですって。そうしたら男の子が、「先生、その話おもろいわ。字ィ読めるとよろしいな」と言ったそうです。お陰で、「こくご」が気に入られた。

「くじらぐも」は、合唱曲にもなったんですよ。作曲したのは加藤旭くんという男の子で、幼稚園の頃から作曲が大好きだったんですって。一年生のときクラスで「くじらぐも」の劇をするので先生に頼まれてつくったそうで、高校生になって楽譜を出すチャンスがあり、「中川さんに断らないといけないだろう」と旭くんに言われて、お母さんが手紙をくださったの。それがご縁で、親しくなりました。旭くんは残念ながら脳腫瘍で一六歳で亡くなりました。今も合唱曲は歌われています。

私の読者は私を乗り越えて、立派になったというのが私の自慢。あなたのほうが、私よりずっと偉い、って。

この部屋にあるのは、かつては読者だった子たちからのプレゼントです。蟬の抜け殻やカードや折り紙、ぬいぐるみなどなど。

このイチゴの飾り物は、全盲のヤチヨさんからいただいた粘土細工。ヤチヨさんは、盛岡のホテルでマッサージ師をしていたのです。

私は講演会などであちこち行くと、ホテルのマッサージを頼むのよ。盛岡で頼んだらヤチヨさんが来てくれた。全然杖を使わないで、まっすぐ部屋に入るなり「あら、暖房は入れないんですか」って。わからないと言うと、ちゃっちゃっと入れてくれたのでびっくりしちゃった。それから、ずーっと今も仲よくしているのです。

私も働く女だから、ヤチヨさんみたいな人と話が合うの。病院へ行くと、会計のカウンターから医者、看護師まで、その数は男性より女性が多く働いているでしょう。日本の社会は女性でもっていると実感します。「自分は草の根一本である」と、誰かが女性史に書いていたけれど、私も草の根のつもり。草の根がしっかりしているから、この国はもちこたえているのですって。女性なしじゃ、社会はストップしてしまいますよ。

これからの子どもに伝えたいこと

母子の楽しいひとときは長い人生の元になる

みどり保育園には、二〇歳から一七年間勤めました。

思い出に残る子はたくさんいます。どの子も、私は一対一。私とふたりの約束だから、ほかの人には話さないの。それでももう年月がたったから、こんな子がいたわよ、なんて話をすることもありますが。

「うちのママはお腹に傷跡が三つある」と自慢していた子がいたの。たいていはお母さんは傷跡があっても、せいぜいひとつかふたつでしょう。でもそのお母さんは、盲腸、胆石、帝王切開で三つ、って。保育園の子たちは、お友だちの自慢話を聞くのが、大好きでした。

ボスになる子もいます。ボスがいると、保育しやすいの。新米の先生が「お並びしましょう」と言っても、子どもたちは知らん顔。そんなときにボスが「おう、ここに並べ」と腕をあげたら、全員さあーっと並んだ。いたずらして叱られるときも率先して叱られていたわね。

朝、私の顔を見るなり「先生、うちのママは嫌な女よ」と言った子がいました。喧嘩しながら来たらしく、プリプリ怒っていました。それでもママが迎えに来ると、「ママー」と飛びついて帰りました。子どもは皆、お母さんが好きなのよね。家ではそんなに「好き」と言わないかもしれないけれど、親から離れて保育園に来てみると、お母さんがどんなにいい人か、気がつくのでしょうね。

こんなに子どもに愛されていることを、お母さんはどこまで知っているかしら。お母さんは幸せ、と、私はいつも思いました。お母さんと子どもの楽しいひとときは、長い人生の元になるように思うのです。幸せな思いをした子は、不幸にも敏感になるでしょうし、他人を思いやる気持ちも育つでしょう。人生には、さまざまな不幸がやってきます。それに耐える力、乗り切る力は、その子が幸せであればあるほど強くなるでしょう。

思い返せば、皆それぞれ、ほんとうに子どもらしい、いい子ばっかりでした。私が家に帰って両親に保育園の話をすると、父は大真面目で「おまえ、給料をもらっては天谷先生に悪いよ。おまえも保育料を払え」と言うので、失礼しちゃう、と憤慨したけれど、今となっては父の言う通りと思うわね。

私が三七歳になったとき、みどり保育園は閉園しました。保育料だけでは、園舎の修理などに回らない。ふたりの年齢も考えて、そろそろやめましょうということで、計画を立ててやめたのです。

天谷先生とのお付き合いはそのあとも、先生が亡くなるまで続きました。天谷先生は野口整体の道へ進みました。先生は三〇代の頃頭痛持ちで、みどり保育園でもマットを敷いて休んでいることがありました。それを父に話したら、「野口さんに診ていただいたらいいんじゃないか」って。というのも、私にフランス語を教えてくださっていた、父の後輩のお姉さまが脊椎カリエスで具合が悪くなったときに野口さんに治していただいたというのですよ。私は「整体なんてあやしいんじゃないかしら」となかなか天谷先生に言い出せなかったのですが、父にせっつかれて、おそるおそる切り出してみたら「行ってみるわ」って。それで頭痛も治り、野口整体に興味を持って、お弟子さんになりました。野口整体のことを書いた『ありのままがいちばん。』という本も出されています。

みどり保育園の子は皆、立派な大人になりました。「僕の原点はみどり保育園」なんて言う青年もいます。

「うちのママはお腹に傷跡が三つある」と自慢していた子は、お医者さんになりました。きっと毎日お母さんの傷跡を眺めているうちに、お医者さんになりたくなったのでしょう。

保育士になった子もいます。おっとりした子でしたが、保育園に入って三日目に「私は大きくなったら、ここの保母さんになる」と決めたんですって。その子はひとりっ子で、大人ばかりのお母さんの実家に同居していたので、保育園に来てよほど嬉しかったのでしょう。

どんな人に出会い、どんな本に出合うか

人間は生まれてからどんな人に出会うか、どんな本に出合うかで運・不運が決ま

るのではないか、というのが私の思うところです。誰もがそれぞれ幸運をつかんでほしいわね。

私の幸運は、岩波少年文庫に出合えたこと、そして石井桃子さんに出会えたことです。

『いやいやえん』のあと、児童文学に関わるさまざまな勉強会に誘ってくださいました。仲間二、三人で荻窪のお宅に集まってね。テキストの原書をコピーして、順番に訳しては読み合うのです。桃子さんはお勉強が大好き。面白いわよね、お勉強って。新しい世界が見えてくるでしょう。お陰で、私もずいぶん勉強しました。

E・M・フォースターの *"Aspects of the Novel"*（邦題『小説の諸相』）、E・B・ホワイトの *"Charlotte's Web"*（邦題『シャーロットのおくりもの』）も、桃子さんと一緒に読みました。

語学は、もともと父が苦手とするところで、子どもたちには積極的に習わせました。父は「外国語を学ぶということは外国の文化に触れることだ。情操教育として学ぶべきだ」と考えていたの。英語は中学生のとき、近くの修道院でカナダ人のシスターに習っていたし、フランス語は父の後輩のお姉さまに、妹たちと習いました。それで、父が「今日の夕食はフランス語」なんて決めたりして、私たちは、黙々とごはんを食べたこともありました。結局、百合子が一番上達して、上智大学のフランス語学科へ進学しました。

石井桃子さんとは、アリソン・アトリーを共訳しました。もうお年を召していらして「あなたと一緒ならできるから」と声をかけていただいて。それで『グレイ・ラビットのおはなし』『氷の花たば』『西風のくれた鍵』をご一緒しました。どうして桃子さんは、アトリーにあんなに惹かれたのかしら。

ビアトリクス・ポターの「ピーター・ラビット」シリーズも一緒にやりました。『アプリイ・ダプリイのわらべうた』では、なかなかぴったりした訳が出てこなくてね。元の言葉はマダムだったと思うのだけれど、「奥さん」はおかしいし、どうしよう、そうだ、「宿屋のおかみ」と訳せばいい、と。桃子さんとのそういう時間が楽しかったのです。

そういえば、桃子さんの自伝小説『幻の朱い実』は私が最初に読んで、引っかかるところをチェックしたんですよ。鶏の丸焼きをつくる場面があって「焼く前に石鹸で洗う」とあり、私が主婦感覚で「おかしい」と言ったら、その一文をさっと抜いちゃった。私がちょっとおかしいと感じたり、引っかかったりすると、どんどん削っていきました。削れば削るほどよくなるのですって。

一生勉強した人、石井桃子さん

桃子さんはとにかくお勉強がお好きでした。「世界」や「文藝春秋」を貸してくださるときは、「あなたは忙しいから、全部読む必要はない。ここと、ここをお読みなさい」と教えてくださるの。井伏鱒二さんの『黒い雨』が出たときは、何冊もお買いになって、買い物用のカートに入れて線路向こうの井伏さんのお家まで運んで、サインを頂戴して親しい方たちに贈られました。私もいただいて、家宝にしています。

暑さにはお弱くて、夏は信州追分《おいわけ》の山荘で過ごしていらして、私もお伴をさせていただきました。そうすると、「この夏は何を読もうか」という話になるの。あるとき、富岡多恵子さんが書いていらした「カンナ」という中勘助の研究冊子のことが朝日新聞に載っていました。「読みたいわね」とおっしゃって、「はい」と私が答えて、富岡さんにお手紙を出したの。その夏は、富岡さんに「カンナ」を主宰していた渡辺外喜三郎《げきさぶろう》さんを紹介していただいて、中勘助を読みました。『銀の匙』から始まって。すっかり私もはまっちゃった。

楽しかったですよ。大江健三郎さんの新刊『新しい人よ眼ざめよ』がよかったからと、「あなた、大江さんに手紙書きなさい」と言われてふたり分のお手紙を書いたこともありましたね。

毎夏追分で本を読むのが楽しみのひとつで、「また中川さんのために本を選ばなくちゃ」とノルマにしていたみたい。

桃子さんとは、お会いしてから亡くなるまで五〇年以上のお付き合いとなりました。ここに緑のお茶碗があるでしょう。老人ホームの趣味の会でつくった初めての作品を私にくださいました。

桃子さんは、九五歳までまったくお変わりなく、それがいつでしたか、「あなたに言っておきますけれど」と改まって。何ごとかと緊張したら「九五歳を過ぎたら、体のあちこちにいろいろ支障が出てきました。あなたも九五歳になったらお気をつけなさい」って。

ほかに九五歳の方を知らない私は、そんな大事なことをひとり占めにできないでしょう。だからほかの人にも教えなくてはと、会う人ごとにその話を伝えたのです。そうしたら「あなたはおしゃべりね」と非難され、でも「いいことは、教えてあげなくちゃ」と返したら、「ああ、そう」って苦笑いしていました。

桃子さんは老人ホームに入ると決めて、「中川さん、探してきて」とお頼みになったので、私が友人に相談してパンフレットをもらい、そのなかから石神井《しゃくじい》のホームを選びました。

それまでも私は毎週日曜日に荻窪のお宅に伺っていました。途中、渋谷の東急名

書棚には石井桃子さんの写真が飾られている

店街でお昼を買ってから行くのです。九〇歳を過ぎてからは外出もほとんどなさらないので、必ず「外の様子はどうでしたか?」と聞かれました。「こういう親子がいた」など人々の様子を聞くのを楽しみにしていらっしゃるので、行くときはいつも、電車のなかで目を大きく開いて観察していました。

一緒に昼ごはんを食べ終わると、桃子さんはパジャマに着替えてベッドに横になるのです。私が足や手を揉んであげるの。長年のお仕事で、背中も真ん丸くてね、上を向いて寝られないほどでした。全部で四五分ぐらい揉んだかしら。揉むというより、おさすりね、「気持ちいい」とおっしゃるから。そのうちに、寝息を立てて寝ちゃうのです。

何年ぐらい続いたかしらねえ。母が「私よりも石井先生に尽くしておあげなさい」と言ってくれたので、私は安心して親よりも桃子さんを優先してそばにいることができました。

『ミルン自伝』の翻訳本を出したのは、九六歳のときでした。原書で読んでいらして「どうもわからないところがあるから、あなたの持っている訳書を貸して」と言われて持っていくと、その翻訳があまりにも間違っていると驚いて、「あなたのために赤字を入れておきます」とおっしゃった。そのうち、あまりにも赤字が多くなり、「私が訳し直す」ということになったのです。

桃子さんによると、ネイティブじゃないとあの本は読めないそう。たとえばextremeという単語が出てきたら、それはジョイスの思想の流れを指してるんですって。そういうことは、ネイティブでないとわからないのだから、訳した人を責めてはいけないと同情もしていました。それで正しく読むためにアーサー・ビナードさんを家庭教師になさった。ビナードさんはアメリカ人で、ひとりでは心細いので、イギリス人のアラン・ストークさんを連れて、ふたりで週一回、桃子さんの家庭教師をなさって、二〇〇三年九六歳のとき、『ミルン自伝　今からでは遅すぎる』が完成しました。これが、最後のお仕事になりました。

戦争を知らないこれからの人に

私は楽しそうな、幸せいっぱいの子どもを眺めているときほど、喜びを感じることはありません。世界中、地球上、すべての子どもが幸せであってほしい。子どもを大人の都合で不幸にしてはならないと、強く思っています。子どもの不幸に加担するような政治や経済や外交を許すわけにはいかないし、子どもを食いものにするような産業は野放しにしないでほしい。

私が「九条の会」に入ったのは、世田谷区の社会教育講座がきっかけです。奥平康弘先生や渡辺治先生など、錚々《そうそう》たる方たちがいらしていて、その講演が全部よかったの。

私は戦前生まれですが、戦争で最も苦労したのは、私たちより上の世代なんです。私は戦時中まだ小さくてみそっかすだったから、これまでは戦争について話すこともないと思っていました。それでも戦後七〇年たって、上の代の人たちはだんだんといなくなって、戦争を知らない人たちばかりになってきたでしょう。私でも何かお役に立つならばと、引っ張り出されれば話すようにしています。

子どもの頃、茶の間に父の水彩画の額がかけてありました。北大のポプラ並木を描いてあったのね。私はよく「この絵のなかに入ればいいなあ」って思っていたの。ポプラ並木のなかに入っていけば、戦争のない世界に行けるんじゃないか、って。近所の子どもたちと集まっておしゃべりするのはいつも、戦争のなかった時代の話でした。ここよりほかには、どこにも行くことができなかったんです。貧乏か金持ちかなんて興味がなかったし、おいしいものなんて知らなかった。そもそもおいしい・まずいの感覚もなくて、毎日食卓に出されたものを食べていました。

戦争は怖いということを、今の若い人は感じているかしら。口先だけで、他人ごとみたいになっていないかしら。徴兵制度のおそろしさを知らないから『兵隊に行け』って言われても、『NO』と言えば済むだろう」と言う人がいると聞きました。

息子も一九六〇年生まれですから、当然ながら戦争を知りません。昔、岩波少年文庫の『あらしのあと』を読んだら、最後のページにドラ・ド・ヨングさんの住所が書いてあって、英語で手紙を出したことがあるんです。そうしたら、ドラ・ド・ヨングさんがお返事をくださいました。そこには「そのうち、私たちの子どもが『戦争ってなあに？』と聞くようになるでしょう」と書いてありました。私は「作家という人は、やっぱり違う」とびっくりしたものです。「戦争ってなあに？」なんて尋ねる人がこの世にいるとは私には想像もつかなかったから。

けれどもそれから数年後、息子が五歳ぐらいだったかしら、ある日突然「ママ、戦争ってなあに？」って聞いたんです。「あら、ドラ・ド・ヨングさんのおっしゃっていたことだ」と驚きました。私が「戦争になったら国と国が喧嘩して、殺し合いになるのよ。親と子が離れ離れになるだろうし、友だちとも別れるだろうし、住んでいるところからよそに逃げていくことになるだろうし」と説明したら、息子は「えぇっ！」って、目に涙を浮かべながら聞いていて、最後に涙を払うときっぱり、「でも、やっぱり、ぼくは戦争に行く。ママを守らなきゃ」と言いました。私、がっかりしちゃった。「戦争というのは、伝えるのが難しい」とつくづく思いました。

本が寄りそう体験を

最近、こんな本が出たんですよ（と、自身が訳した文庫版『アンネの童話』を差し出して）。酒井駒子さんの挿絵がいいでしょう、甘くなくて。表紙がまた、いいの。小川洋子さんがいい解説を書いてくださったの。

アンネは一時期ブームのようになりました。今、読み返しても全然色あせず、やはり大した人です。世の中が相変わらず不穏で、なかなか平和にならない。特に女性にこの本を読んでもらいたい。

『アンネの日記』は多くの方がご存じでも、童話となるとあまり知られていないでしょう。この本にはエッセイから童話まで入っていて、それぞれにアンネの内面が映し出されています。これを翻訳したのは、ずいぶん前のことです。一九八七年に単行本で出たけれど、今また目にすることで、受けとり方が違うと思う。時代が変われば、感じることもまた変わる。今の時代に新装版が出て、よかったと思っています。

今の人は、戦争がどんなに怖いものか知らないでしょう。もう空襲がないというだけで、幸せだった。子ども同士で好きなところに行けて遊べて、日が暮れれば帰ればいい日々を、何より幸せに感じていた。その感覚は、わからないでしょう。

わからないからこそ、本を読むことが大事だと思います。戦争に勝った国も負けた国も。私は戦争のときには子どもだったけれど、成長するなかで少年文庫をはじめとするいろいろな本を読むうちに、自分なりに戦争というものをとらえたのだろうと思うのです。

そういうふうに、本を読むことは、口先ではわかったつもりになっていても、ほんとうに理解するのは難しいことを、自分なりにつかむ助けになります。戦争のことだけではないですよ。つらいとき、悩んだとき、困ったとき……人生の節目節目で、本が寄りそい、支えてくれる。皆さんにも、本を読んで、そんな体験をしてもらいたいです。

中川李枝子

国民学校の低学年だった私の
ただ一つの願いは、戦争のない所
へ行きたい、でした。が、このこ
とは決して誰にも言わないで胸の
奥に深くしまいこんでいたのを
今思い出しました。

略歴

一九三五年　〇歳　九月二九日、北海道・札幌市で生まれる。父大村清之助は北海道大学で遺伝学を研究しており、小学校教諭だった母千恵と結婚。三歳上の姉桃代がいる。
一九三八年　三歳　弟哲夫が生まれる。
一九三九年　四歳　父が東京・高円寺の蚕糸試験場（現・蚕糸の森公園）に勤めることになり、一家で転居。幼稚園に通い始める。
一九四一年　六歳　妹百合子が生まれる。
一九四二年　七歳　若杉国民学校に入学。
一九四三年　八歳　杉並区天沼三丁目から一丁目に転居。
一九四四年　九歳　学童疎開令により、母の実家がある札幌に姉と疎開。遅れて母、弟、妹も疎開した。
一九四五年　一〇歳　戦争が終わり、父の転勤で福島へ。妹菊代が生まれる。
一九四八年　一三歳　福島市立第二中学校入学。図書館で岩波少年文庫と出合う。
一九五一年　一六歳　福島県立福島第一女子高等学校入学。

一九五二年　一七歳　父の転勤で東京へ。実践女子学園高校に転校。
一九五四年　一九歳　都立高等保母学院入学。
朝日新聞の記事に岩波書店の編集者いぬいとみこが出ていたことをきっかけに手紙を送る。
一九五六年　二一歳　東京・駒沢グラウンドに開園したばかりのみどり保育園の主任保母となる。
童話創作の同人「いたどり」グループの一員となる。
一九五九年　二四歳　画家・中川宗弥と結婚。
一九六〇年　二五歳　長男画太が生まれる。
一九六二年　二七歳　「いたどり」グループで発表した『いやいやえん』が福音館書店の編集者・松居直の目にとまり、妹百合子の挿絵で出版される。
一九六四年　二九歳　『かえるのエルタ』（大村百合子絵、福音館書店）刊行。
一九六五年　三〇歳　『ももいろのきりん』（中川宗弥絵、福音館書店）刊行。
一九六七年　三二歳　保育園の子どもに大人気だったフランス絵本 *"Pouf et Noiraud campeurs"* にヒントを得た『ぐりとぐら』（大村百合子絵、福音館書店）刊行。
『ぐりとぐらのおきゃくさま』（山脇百合子絵、福音館書店）刊行。
一九六八年　三三歳　『いちくん　にいくん　さんちゃん』（山脇百合子絵、世界出版社）刊行。
一九六九年　三四歳　『おてがみ』（中川宗弥絵、福音館書店）、『らいおんみどりの日ようび』（山脇百合子絵、福音館書店）刊行。
一九七〇年　三五歳　『おばあさんぐまと』（中川宗弥絵、福音館書店）刊行。
一九七一年　三六歳　『ガブリちゃん』（中川宗弥絵、福音館書店）、『たんたのたんけん』（山脇百合子絵、学習研究社）、『子ぎつねコンチとおかあさん』（講談社、のち角川文庫）刊行。
小学校一年国語教科書（光村図書）に「くじらぐも」発表。
一九七二年　三七歳　みどり保育園閉園。
『こだぬき6ぴき』（中川宗弥絵、岩波書店）刊行。
一九七五年　四〇歳　『たんたのたんてい』（山脇百合子絵、学習研究社）刊行。
一九七七年　四二歳　『ぐりとぐらのかいすいよく』『おひさま　はらっぱ』（ともに山脇百合子絵、福音館書店）刊行。
一九七八年　四三歳　『森おばけ』（山脇百合子絵、福音館書店）、『やさい　やさい』（東君平絵、チャイルド本社）刊行。
一九七九年　四四歳　『子犬のロクがやってきた』（中川宗弥絵、岩波書店）刊行。
一九八〇年　四五歳　『ぞうの学校』（大村清之助共著、中川宗弥絵、福音館書店）刊行。
一九八二年　四七歳　『本・子ども・絵本』（山脇百合子絵、大和書房。改訂版二〇一三年、のち文春文庫二〇一八年）、『とらたとまるた』（中川宗弥絵、福音館書店）刊行。

一九八三年　四八歳　『ぐりとぐらのえんそく』（山脇百合子絵、福音館書店）刊行。
一九八六年　五一歳　『わんわん村のおはなし』（山脇百合子絵、福音館書店）、『おはよう』『おやすみ』（ともに山脇百合子絵、グランまま社）、『三つ子のこぶた』『けんた・うさぎ』（ともに山脇百合子絵、のら書店）刊行。
一九八七年　五二歳　『アンネの童話』（アンネ・フランク著、文藝春秋、のち文春文庫）翻訳。『こぎつねコンチ』（山脇百合子絵、のら書店）刊行。
一九八八年　五三歳　『となりのトトロ』（宮崎駿絵、徳間書店）、『なぞなぞえほん1〜3』（山脇百合子絵、福音館書店）刊行。
一九九一年　五六歳　『おひさまおねがいチチンプイ』（山脇百合子絵、福音館書店）刊行。
一九九二年　五七歳　『たかたか山のたかちゃん』（中川画太絵、のら書店）、『ぐりとぐらとくるりくら』（山脇百合子絵、福音館書店）刊行。
一九九三年　五八歳　『とらたとおおゆき』（中川宗弥絵、福音館書店）刊行。
『アプリイ・ダプリイのわらべうた』（ビアトリクス・ポター作・絵、福音館書店）翻訳。
『セシリ・パセリのわらべうた』（ビアトリクス・ポター作・絵、福音館書店）翻訳。
一九九四年　五九歳　『たからさがし』（山脇百合子絵、福音館書店）刊行。

一九九五年　六〇歳　『愛蔵版　ピーターラビット　全おはなし集』（ビアトリクス・ポター作・絵、福音館書店）、石井桃子、間崎ルリ子と共訳。
『くまさん　くまさん』（山脇百合子絵、福音館書店）刊行。
『グレイ・ラビットのおはなし』（アリソン・アトリー著、岩波書店）、石井桃子と共訳。
『絵本グレイ・ラビットのおはなし』（アリソン・アトリー著、岩波書店）、石井桃子と共訳。
一九九六年　六一歳　『絵本と私』（福音館書店）、『はじめてのゆき』（中川宗弥絵、福音館書店）刊行。
『西風のくれた鍵』（アリソン・アトリー著、岩波書店）、石井桃子と共訳。
『氷の花たば』（アリソン・アトリー著、岩波書店）、石井桃子と共訳。
一九九七年　六二歳　『ぐりとぐらの1ねんかん』（山脇百合子絵、福音館書店）刊行。
一九九八年　六三歳　『はねはね　はねちゃん』（山脇百合子絵、福音館書店）、『こぎつねコンチとおかあさん』（二俣英五郎絵、童心社）刊行。
二〇〇一年　六六歳　『こぎつねコンチといちご』（二俣英五郎絵、童心社）、『こぶたほいくえん』（山脇百合子絵、福音館書店）刊行。
二〇〇二年　六七歳　『こぎつねコンチのにわそうじ』（二俣英五郎絵、童心社）、『くまのこくまきち』（柿本幸造絵、ひさかたチャイルド）、『ぐりとぐらのあいうえお』（山脇百合子絵、福音館書店）刊行。
二〇〇三年　六八歳　『ぐりとぐらとすみれちゃん』『ぐりとぐらのうたうた12つき』（ともに山脇百合子絵、福音館書店）刊行。
二〇〇六年　七一歳　『ねことらくん』『ちいさいみちこちゃん』（ともに山脇百合子絵、福音館書店）刊行。
二〇〇七年　七二歳　『ねこのおんがえし』（山脇百合子絵、のら書店）刊行。
二〇〇八年　七三歳　『おはようスーちゃん』（ジョーン・G・ロビンソン作・絵、アリス館）翻訳。『いたずらぎつね』（山脇百合子絵、のら書店）刊行。
二〇〇九年　七四歳　『ぐりとぐらのおまじない』『ぐりとぐらのしりとりうた』（ともに山脇百合子絵、福音館書店）刊行。
二〇一〇年　七五歳　『くまさん　おでかけ』（中川宗弥絵、福音館書店）刊行。
二〇一一年　七六歳　『おてがみ』（中川宗弥絵、福音館書店）刊行。
二〇一五年　八〇歳　『子どもはみんな問題児。』（新潮社）刊行。
二〇一六年　八一歳　『ママ、もっと自信をもって』（日経ＢＰ社）刊行。
二〇二二年　八七歳　九月二九日、妹百合子永眠。一二月三〇日、夫宗弥永眠。
二〇二四年　八九歳　一〇月一四日、永眠。

BOOK LIST　中川さんのお話に出てきた本をまとめました。

『ありのままがいちばん。』天谷保子著／WAVE出版／2012年
『チム・ラビットのぼうけん』アリソン・アトリー著／石井桃子訳／中川宗弥絵／童心社／1967年
『グレイ・ラビットのおはなし』アリソン・アトリー著／石井桃子、中川李枝子訳／岩波少年文庫／1995年（新版2000年）
『西風のくれた鍵』アリソン・アトリー著／石井桃子、中川李枝子訳／岩波少年文庫／1996年（新版2001年）
『氷の花たば』アリソン・アトリー著／石井桃子、中川李枝子訳／岩波少年文庫／1996年（新版2004年）
『木馬のぼうけん旅行』アーシュラ・ウィリアムズ著／石井桃子訳／中川宗弥絵／福音館書店／1964年（福音館文庫2003年）
『幻の朱い実』（上下巻）石井桃子著／岩波書店／1994年（新版2015年）
『黒い雨』井伏鱒二著／新潮文庫／1970年

『小波お伽土産』巌谷小波著／1946年／前田出版社
『人間椅子　江戸川乱歩傑作選』江戸川乱歩著／新潮文庫／1960年（1925年発表）
『新しい人よ眼ざめよ』大江健三郎著／講談社文庫／1986年
『金色夜叉』尾崎紅葉著／新潮文庫／1969年（1897〜1902年発表）
『寡婦マルタ』エリイザ・オルゼシュコ著／清見陸郎訳／改造文庫／1929年
『完訳グリム童話集』（全7巻）金田鬼一訳／岩波文庫／1949年
『乳姉妹』（前後編）菊池幽芳著／春陽堂／1904年
『ふたりのロッテ』エーリヒ・ケストナー著／高橋健二訳／岩波少年文庫／1950年
『世界童謡集』西條八十ほか訳／冨山房／1938年
『あべこべ玉』サトウハチロー著／湘南書房／1948年
『ぞうのバイちゃん』さとうよしみ著／富永秀夫絵／小峰書店／1962年
『ジェーン・アダムスの生涯』クララ・イングラム・ジャッドソン著／村岡花子訳／岩波少年文庫／1953年
『ハイジ』（上下巻）ヨハンナ・スピリ著／竹山道雄訳／岩波少年文庫／1952〜53年
『ビルマの竪琴』竹山道雄著／新潮文庫／1959年（1947〜48年発表）
『クリスマス・キャロル』チャールズ・ディケンズ著／村山英太郎訳／岩波少年文庫／1950年
『新編 綴方教室』豊田正子著／山住正己編／岩波文庫／1995年（1937年発表）

『あらしの前』『あらしのあと』ドラ・ド・ヨング著／吉野源三郎訳／岩波少年文庫／1951〜52年（新版2008年）

『トルストイ全集第二十二巻　子供のためのお話』レフ・トルストイ著／米川正夫訳／創元社／1950年

『銀の匙』中勘助著／岩波文庫／1941年

『私たちの友だち』ニコライ・バイコフ著／上脇進訳／岩波少年文庫／1951年

『豆の一生』服部静夫著／正芽社／1942年

『ちびくろ・さんぼ』ヘレン・バンナーマン著／光吉夏弥訳／フランク・ドビアス絵／岩波書店／1953年（改版1978年）

『小さい牛追い』マリー・ハムズン著／石井桃子訳／岩波書店／1950年（改版2005年）

『アンネの童話』アンネ・フランク著／中川李枝子訳／酒井駒子絵／文春文庫／2017年

"Pouf et Noiraud campeurs"（『プフとノワロ　たのしいキャンプ』）ピア・プロブスト著／1975年

『アプリイ・ダプリイのわらべうた』ビアトリクス・ポター作・絵／中川李枝子訳／福音館書店／1993年（新装版2002年）

『ミルン自伝　今からでは遅すぎる』A・A・ミルン著／石井桃子訳／岩波書店／2003年

『山椒大夫』森鷗外著（1915年発表）

『ドリトル先生の楽しい家』ヒュー・ロフティング著／井伏鱒二訳／岩波少年文庫／1979年（新版2000年）

『君たちはどう生きるか』吉野源三郎著／新潮社／1937年

解説——本に育てられた、かつての子どもたち

夢眠ねむ

大好きだった絵本は人生の宝物。親になって、自分の子どもにその絵本を読み聞かせるのが夢だったという方もいらっしゃるでしょう。私が店主をしている夢眠書店は、お客さんの半数以上が親子連れで、絵本を中心に扱っています。「ぐりとぐら」を我が子の最初の絵本にと求める方がとても多く、長年愛されていることがよくわかります。作者の中川李枝子さんは絵本界のレジェンド！　私の勝手なイメージで、ザ・優等生かと思いきや、好奇心の塊で反骨精神たっぷりの、ご自身が永遠の子どものような方で、まさに物語の主人公。親たちまで包み込んでくれる優しさをお持ちです。お言葉のひとつひとつが瑞々《みずみず》しく新鮮で、寝かしつけが終わった後のヘトヘトな身体の五臓六腑に染み渡ります。

中川さんは二〇歳の頃から一七年間、保育士としてたくさんの子どもたちを育てました。と同時に、たくさんの親御さんも育て、救ったのではないでしょうか。そして保育士を引退してからも、こうして本で人を育て、救っていらっしゃる。保育というのは現場にいなくちゃわからないことだらけ。戦後すぐに保育に携わった中川さんから今、戦争を知らない私が感銘を受けているのですから、時代によっていろんなことが変わっても、子どもや物事の本質は変わらないのだなと思い知ります。

中川さんがホームグラウンドとしていたのは、福音館書店の雑誌「母の友」。私も数年前に寄稿させていただいたのをきっかけにこの雑誌の大ファンになりました。福音館が出している歴史のある雑誌というだけで、最初に中川さんに抱いていたような「ザ・優等生」な本なのかしらと開くと、とんでもない。全てのページが刺激的で鋭く研ぎ澄まされていて、かつ愛に溢れていて温かいのです。

当時の中川さんの担当編集は、「母の友」の創刊時の編集長である松居直さんです。松居さんは三人のお兄さんを戦争で亡くしています。そして、自分だけが生き残った。今までは国のためにどう死ぬかしか教えてもらっておらず、「生きる」っていったいどうやるんだ？　と考え始めます。戦争を経験しているからこそその視点で、『生きる』ということを皆さんと共に考え抜きたいと思ってこの雑誌を創刊した」と松居さんは書いています。そんな「母の友」も二〇二五年三月号をもって七二年の歴史に幕を下ろし、惜しまれながら休刊しました。中川さんが亡くなった翌年というのもまた寂しいけれど、本当に素晴らしい雑誌でした。

「母の友」には『ぐりとぐら』のもとになる「たまご」が掲載されました。私は恥ずかしながら「母の友」を読むまで、『ぐりとぐら』の作者は絵本一本の専業作家さんだと思っていました。世界的に有名な絵本を当時現役の保育士さんが書いていたとは想像がつかなかったけれど、たくさんの子どもたちに絵本を読み聞かせた経験のある人にしか描けない絵本なんですよね。本書にあるように、中川さんの最初の制作は紙芝居。紙芝居はめくり方に職人の技が必要になるというか、半分だけ引き抜いたり、文章がページをまたいだりして、次の一枚への期待をふくらませる演出が入ります。その目線で『ぐりとぐら』を読むと、なるほど、たまごの登場前はなんとも紙芝居的です。全体にリズムがあり、たとえ読む方に技術がなくても、次はどうなるのかな、というわくわく感が自然とかもし出されるのも、この絵本がここまで愛される理由のひとつかもしれません。

実はちょうど、本書『本と子どもが教えてくれたこと』を読み始めた時に、悩んでいたことがありました。それは「子どもという存在が好きになってしまった！」ということ。なんじゃそりゃ、と思われるかもしれませんが、私は真剣に悩んでいました。私はひねくれたところがあるので、ずっと「子どもが大好き！」というタイプの人を、どこか怪訝な顔で見ていたんです。だって、子どもも大人もただの人間なのに、わざわざ「好き！」って言うなんて変じゃない？　と。今思うとこれは、自分が子どもの頃にそういう大人に対して感じていたことかもしれません（憎たらしい子どもだった自覚はあります）。そこから精神的に大人になりきれないまま、私は子どもが好きなのではない、まあ優しくはするけれども、あくまで小さい人として接しているだけで……と、子どもには特に興味のない大人を演じるようにしていました。

自分の本屋を開業するにあたって掲げたのが「これからの本好きを育てる」という言葉でした。世の中の本好きは放っておいても本を読みます。でも、読者は確実に減っている。となると……赤ちゃんが最初に出会う娯楽は絵本のはず。そこからずっと「本って面白いな」と思える場があれば、ずっと読者でいてくれるのではないかしら、と考えたのです。そして親がお勉強のためと押し付けるのではなく、ちゃんと子どもたちが自分の手で本を選びとる書店を作りたかった。子どもが好きでもなかったのに、こういう発想で本屋を始めたのは、今思うと不思議です。ただ、自分の人生を振り返ると、子どもの頃に本屋で選んだ本が面白かったということが成功体験としてしっかり残っているのです。それを子どもたちにも経験してほしかった。

小さいお客さんたちは、ちゃんと自分で本を選びます。真剣に図鑑の棚だけを見つめる子、表紙だけで「これにする」と即決する子、すでに好きな作家さんがいる子。いつも似た本を欲しがって親に渋られているのを見かけると、私は「なんでこれが欲しいかを伝えて交渉するといいよ」とけしかけます。夏休みの課題で渋々本を選びに来た子も、「これは面白いかも」と、なかなか売れなかった素敵な本を発掘してくれたりして。「本嫌い！」と叫ぶ子にも、「なんか読もうか？」と問いかけると、「じゃあこれ」と棚から取り出し、渡してくれるのです。

まだ指差しを始めたばかりの赤ちゃんだって、「どっちが好きかな」と絵本を見せると、こっち、と選んでくれます。もう好みがあるんですよね。だから逆に、親が張り切って選んでも、子どもたちはしらんぷり、ということも多々あります。

そんな子どもたちと触れ合っていると、「もしかして私は子どもが好きなのかもしれないな」と思い始めました。その頃、「私が夢中で読んだ子どもの文学の魅力は、煎じ詰めれば「子ども」そのものの面白さです」という中川さんの言葉に出会い、ハッとしたのです。はじめて、自分が子どもを面白がりはじめた理由がつかめた気がしました。今さら子どもが好きなんて言い出せないなと思っていたのに、中川さんのような「自分がお手本としたい立派な大人」を知ることができたことで、私の呪いが解け、偏見もなくなりました。中川さんの言葉の数々は、こうしなくちゃと思い込みすぎていた部分を、優しく語りかけて解きほぐしながら良い方向に導いてくださる。まさに「本と子どもと中川李枝子さんが教えてくれたこと」です。

「『どんな本を読んだらいいか』とよく尋ねられますが、私は、面白いから本を読んだのです」。これも中川さんの言葉です。本当に、本当に、そうですよね。本が大好きで読んできたみなさんは、この言葉にうんうんと深くうなずいたんじゃないでしょうか。本屋をやっているとこの質問を本当によくいただくのですが、「面白そうな本を選んだらいかがでしょう」と、まるでつれない頑固店主のような対応をしてしまいます。でもこれは意地悪のつもりではありません。子どもたちと同じく、大人もその人自身で本を選べるはずだからです。タイトルがおもしろそうというだけでも、表紙の絵が気に入ったというだけでもいいのです。本に詳しくもないし、絶対失敗したくないとおっしゃる方も多いのですが、選書してもらった本を読んだとしても、合う合わないはあります。どんな名作でも感動できない時もあるし、親が即興で作ったお話が世界で一番面白いことだってある。

今日読む本を選べる子は、自分で未来を選んでいける子、と私は心に掲げています。おおげさな、と笑われてしまうかもしれないけれど、あながち間違いでもないと思うんですよ。

現在の政治や将来には、本当に不安が尽きません。でも、中川さんの教え、「反骨の気持ちを忘れないで」を胸に、「絶対にいい未来にしてやる！」と、今日もお腹の底から声を出して読み聞かせをしていこうと思います。まだ字が読めない我が子に、「これ読んで！」と次々に棚から本を出してくる小さなお客さんたちに。本がいつか君たちの隠れ家になり、学びの場所になるように。こんな些細なことで何か変わるのかなとも思うけれど、本に育てられた子どもの一人として、私にも「これからの本好き」を育てていく任務があるのですから。

中川さんの言葉を吸収した私は、読む前より格段に強くなっています。

今の日本を絶対に戦前にしないために祈りを込めて。

（ゆめみ　ねむ／書店店主・キャラクタープロデューサー）

[著者]
中川李枝子（なかがわ・りえこ）
1935年、北海道生まれ。東京都立高等保母学院を卒業し、1972年までみどり保育園に主任保母として勤務。保育園の子どもたちから着想した『いやいやえん』で厚生大臣賞、サンケイ児童出版文化賞、野間児童文芸賞推奨作品賞を受賞。『ぐりとぐら』シリーズは15か国語に翻訳され世界中で読み継がれるベストセラーに。ほかの著作に『ももいろのきりん』などの童話、『子どもはみんな問題児。』『本・子ども・絵本』などのエッセイ、アンネ・フランク『アンネの童話』などの翻訳がある。2024年没。

平凡社ライブラリー 988
本《ほん》と子《こ》どもが教《おし》えてくれたこと

発行日…………2025年4月4日　初版第1刷
　　　　　　　2025年6月6日　初版第2刷
著者……………中川李枝子
構成……………渡辺尚子
発行者…………下中順平
発行所…………株式会社平凡社
〒101-0051　東京都千代田区神田神保町3-29
電話　(03)3230-6573[営業]
ホームページ　https://www.heibonsha.co.jp/
印刷・製本……中央精版印刷株式会社
写真……………増田智泰
ＤＴＰ…………平凡社制作
装幀……………中垣信夫

ISBN978-4-582-76988-3

【お問い合わせ】
本書の内容に関するお問い合わせは
弊社お問い合わせフォームをご利用ください。
https://www.heibonsha.co.jp/contact/